A BOOK OF AMERICAN IMAGERY

活用美語修辭

——老美的說話藝術

枝川公一 著

羅慧娟 譯

三民書局

前　言

一開始，我從沒想過會出版這一本書。

原本只是興趣所致，純為自娛。然而愈收集愈感興趣，才興起不妨集結成冊的念頭。不過，因純為自娛的初衷不變，所以這本書確實可說是個人珍藏的「私人秘笈」。雖說是「私人秘笈」，保證不收錄任何猥褻文字或噴火照片，所以敬請安心亦勿過度期待。

此書一開始的動機，完全是因為自己喜歡美國雜誌的緣故，從以前就經常大量閱讀、收集。不過老實說，自己接觸英文雖有相當時日，閱讀原文書的速度卻始終緩慢。這是因為自己老是心有「旁騖」。然而，所謂「無心插柳柳成蔭」，這本書的出版乃正拜自己的「旁騖」所賜。

每當我閱讀書報，總會被有趣的文字表現吸引而停頓下來。由於對一個詞語所引申出來的不同語意非常感興趣，因此常一個接著一個地挖掘，不知不覺就脫離書報主題太遠。不僅限於書報雜誌，就連聽音樂或在網路上查詢、涉獵資料時，也頻頻發生同樣的情形。

舉一個例子來說，如 Grateful Dead（死之華）主唱的 *Truckin* 的歌詞中，有一句 Busted like a bowling pin（被衝撞得如保齡球瓶般東倒西歪）的比喻，雖不明言自己像被漆黑、巨大如保齡球的警官追緝，但簡單的語句就將其中那份微妙的無奈情感表達得淋漓盡致。也正傳達出從球瓶的角度來看，在球道上滾動的黑球漸漸逼近的那瞬間的恐怖。

語言的表現就是在各種賦比興的手法下，使得原始的字

義不斷地被擴張。由於美語在此方面似乎表現力特佳，因而展現的意境不僅「繪聲繪影」，還充滿想像力。我相信英國、澳洲，甚至新加坡、印度等地的英語一定也和美語一樣，充滿多彩多姿的意境呈現。可惜因這本書只限於就美國人筆下的文章做介紹，所以只能割捨其他，略留遺憾。

不過，對我而言，最重要的是從文章中文字的表現，感受到美國人特有的方式與風格。

剛開始，自己只對這些特殊語言表現感到新鮮好玩，後來覺得只過目不摘錄下來實在可惜，於是開始將喜歡的譬喻方式和說法寫在卡片上，日積月累竟也有相當份量。閒暇時，會經常拿出卡片翻閱，浸淫在自己喜歡的語言表現中自娛一番。

就是在這樣的自娛遊戲中，突然浮現出將這些卡片集結成冊的念頭。後來又正好學會操作電腦，所以儲存資料的工作就變得容易許多，收集的量也如滾雪球般（英語中，也同樣以 snowball 比喻）愈滾愈多。

重新校看本書時，發現到有相當多並非只有美國人才會使用的說法，裡頭還包括歷來的慣用語，另外大部分則是自接觸美國傳媒後，深受個人喜愛的詞句。所以嚴格說來，這本書確實只稱得上是「私人秘笈」。

關於本書的編輯，由於認為聲音影像所構成的世界實在和印刷字表現的文章性質差異甚大，若冒冒然然將兩者合併，會是一種褻瀆到語言表現的行為。因此，我盡可能將歌曲的歌詞、電影及電視節目裡的臺詞等刪除不用（話雖如此，之前還是用歌詞舉了個例）。不過，電腦網路因其畫面文字的文章性可等同於印刷字文章的性質，故另當別論。

就形式上，本書詞條採用英文字母排序，排列的先後順序並無任何特殊用意，讀者仍可隨意選擇吸引自己的內容閱讀。希望各位讀者都可以自由自在優遊於不同詞句所呈現的意象世界中。日後，若突然想起某特定詞句，可就書中的 ABC 順序輕鬆進行查閱即可。就這一點，本書可說多少具有「辭典」的功能。

　　自成書後，最令筆者期待喜愛的是索引部分。有些雖並非內文介紹的詞條，卻可見於文中解釋，故一起收錄於索引內，以利讀者查閱之便。讀者也可由索引逆向查詢書中詞條，或許可因此開啟另一個意像世界的寶庫呢！

　　語言和文字表現可從許多不同的角度賞析，其多樣性正是人類豐富情感生活的表徵。相對地，藉由接觸多樣化的語言表現，無形中一定也會豐富我們的感情世界。

　　希望本書能讓讀者感受到美語文字的無窮魔力，若真如此，將深感萬幸！

1998 年 9 月 17 日

作者　枝川公一

accordion　手風琴

　　手風琴這種樂器在平常不用時，風箱看起來像是一層一層折疊的樣子。試想，人的身體若像手風琴，會是什麼模樣？

▶Suddenly, Jessica folded up like an **accordion**. Mel rushed her to the Camden Community Hospital.——*Golden Girl*, Alanna Nash, Signet, 1988（突然，潔西卡像手風琴般全身捲縮。於是梅爾急忙將她送到康登社區醫院。）

據說中國古代曾出現過類似的樂器，但實際上，手風琴一直到 19 世紀前半才躍上音樂舞臺，故算是一種比較新型的樂器。另外亦有如 accordion door（折疊拉門）、accordion pleat（裙褶）等詞語，都給人一種伸縮折疊的強烈印象。

ageing (aging) fruit　過熟的水果

　　色澤鮮艷、美味清脆的水果，會隨時間的流逝漸漸褪色而失去鮮亮的光澤，有如時間壓縮過後，人類的生命從青春年少到衰弱年老的縮影。

▶He sat down in his living room and looked at the walls.

They had once been white, he remembered, but now they had turned a curious shade of yellow. Perhaps one day they would drift further into dinginess, lapsing into grey, or even brown, like some piece of **ageing fruit**.——*The New York Trilogy*, Paul Auster, Faber and Faber, 1985 （他坐在客廳直視著牆壁。他記得這些牆壁過去曾經是雪白色，如今卻變成異樣的泛黃色調。或許有一天，牆壁會更加污穢，再由泛黃轉為灰色甚至棕黑，有如一個過熟的水果。）

此外，ageing 這名詞已成為醫學用語。最近，甚至有日本人主張以此詞彙取代「老化」、「高齡化」等字眼。同理，也有人主張：閱讀用眼鏡 (reading glasses) 的說法，要比老花眼鏡好聽得多。這些或許都是怕「老」的心態作祟吧！

Ahab　亞哈船長

亞哈船長是梅爾維爾 (Herman Melville) 的代表作《白鯨記》(*Moby Dick, 1851*) 裡的主角，這位捕鯨船船長因被兇猛敏捷的白鯨莫比・狄克咬斷一隻腳，所以當他裝上鯨魚骨做成的義肢再度出航時，內心充滿著「不殺白鯨誓不復返」的復仇決心。於是從大西洋繞過好望角，再從印度洋航向太平洋，終於找到仇敵白鯨。誓言與「仇敵」奮戰到最後關頭的亞哈，性格倔強執拗，而其連續三天與白鯨死鬥的精神也隨著小說流傳下來。亞哈成為頑劣固執的象徵，深深地留在人們的記憶中。

▶What Arledge wanted for the past two years was Diane Sawyer, and he pursued her with an **Ahab**-like tenacity. ——

New York, Mar. 13, 1989 （這兩年來，亞烈吉一心想要黛安・梭亞，有如亞哈船長般固執，窮追著她不放。）

比起亞哈船長執念更深、更恐怖的，非 paparazzi（偷拍名人隱私的攝影師，狗仔隊）莫屬吧！他們彼此競爭激烈，甚至把已故英國王妃黛安娜逼上絕境的惡劣行徑，為萬人所髮指。或許今後會因此出現 with a *paparazzi*-like tenacity 的詞句吧！

Alamo　阿拉摩碉堡

　　1836 年，約兩百人左右的戰士以阿拉摩為要塞，謀求當時仍隸屬墨西哥領土的德州獨立而向墨西哥軍宣戰。由於敵方聖・安納 (Santa Anna) 將軍率領墨西哥軍隊四千人對阿拉摩展開猛烈攻擊之故，使得碉堡的勇士們不幸全軍覆沒。在光榮戰死的德州精英中，包括參議員大衛・克羅凱特 (David Crockett)，以及吉姆・鮑伊 (Jim Bowie) 上校在內。由此典故，「阿拉摩」永遠成為為正義奮戰、至死不渝的精神堡壘的代名詞。

　　▶People's Park in Berkeley, Calif., is the **Alamo** of the anti-Establishment young.── *Time*, May 29, 1972 （加州柏克萊的民眾公園是反體制派年輕人的精神堡壘。）

民眾公園是 1960 年代美國年輕人為迎擊壓倒性強硬體制派 (Establishment) 的「阿拉摩」，位於柏克萊市區，緊臨加州大學柏克萊分校校園。暫且不論這件陳年往事，將話題轉至今日被追得走投無路的日本經濟，the Alamo of Japanese economy （日本經濟的精神堡壘）該當為何呢？

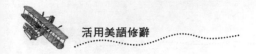

almond　杏樹，杏仁

　　杏樹雖有著繁茂的樹葉，開著大朵的淡紅色花，也極具觀賞的價值，然而給人印象最深的，卻多半集中在小而堅實的杏仁上。

　　▶Quinn remembered visiting Nantucket with his wife long ago, in her first month of pregnancy, when his son was no more than a tiny **almond** in her belly. ——*The New York Trilogy*, Paul Auster, Faber and Faber, 1985（昆恩想起很久以前和太太一起造訪南塔克特島的往事。那時她懷胎一個月，在她肚子裡的兒子也不過杏仁一般大。）

由杏仁的形狀造字的 almond eyes（杏眼），是用來形容人的眼睛。在歐美人的腦海裡，東方人長橢圓形、眼角帶尖的眼睛像極了杏仁。中國菜中的杏仁豆腐，英文叫 almond jelly，其中多少也殘留著「東方人眼睛」的印象吧！

apple pie　蘋果派

　　身繫白圍裙的母親正在廚房烤著包有煮熟蘋果泥的蘋果派，家中到處瀰漫著酸甜的蘋果香。這幅景象讓人想起諾曼・洛克威爾 (Norman Rockwell) 的插畫，也是深埋在每個美國人心中典型的美國生活寫照。由此，蘋果派成為代表美國生活和社會的明顯象徵。

　　▶Distrust in government is as American as **apple pie**.——*Psychology Today*, Nov., 1973（不信任政府乃美國典型的常態。）

▶ And Number eight was the Bedloe family. They were never just the Bedloes, but the Bedloe family, Waverly Street's version of the ideal, **apple-pie** household: two amiable parents, three good-looking children, a dog, a cat, a scattering of goldfish. ——*Saint Maybe*, Ann Tyler, Vintage U.K., 1991（接著，八號住著貝德洛家庭。他們並非一般的普通家庭，而是威佛里大街上理想家庭的典型。貝德洛家庭成員包括慈祥和藹的雙親、三個漂亮的小孩、一隻狗、一隻貓和幾隻金魚。）

後者的例文中，apple-pie 當形容詞使用，有「整整齊齊，井然有序的」意思。主旨強調貝德洛一家，因具備構成美國家庭之各項條件，故可謂名實相符的「家庭」(family) 之典範。另請參照 cherry pie。

apples and oranges　蘋果和柳橙

雖說蘋果和柳橙兩者都是水果，但之間的差異可以一目了然，不可能弄錯。聞起來、嚼起來也都完全不同，而孰優孰劣更無從比較。

▶ Futurists, however, consider this to be a comparison of **apples** to **oranges**. What happened in the previous ages, with their lower populations and slower technological developments, has no relation to the high-tech, supersonic, multibillion populated world of the twenty-first century.——*Millennium Approaches*, Dennis E. Hensley, Avon, 1998（不過，未來主義者認為今昔之間有如蘋果與柳橙無從比較。人口少、技術緩慢發展的過去，完全和高科技、超音速、擁有幾十

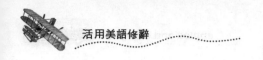

億膨脹人口的 21 世紀新世界不相關連。)

對美國人來說，蘋果從很早以前就已在各地栽種，是一種讓人比較熟悉的水果。而柳橙據說原產於亞洲，只能在較溫暖的氣候下生長。故在一般人的印象中，兩者不屬於同一「家族」。感覺上，蘋果和梨子等性質較接近，柳橙則和檸檬、萊姆等所屬同類。因此，單單選擇蘋果和柳橙為喻也不是沒有道理。另請參照 chalk and cheese。

arrow　箭

指人的個性、行動有如直射的箭一般直率，如同成語「直情徑行」所形容的一樣，任性直行己意，無所忌憚。

▶ "There was something insatiable about her—as direct as an **arrow**, and hugely independent." —— *Georgia O'Keeffe*, Roxana Robinson, Perennial, 1989（「她有凡事不知滿足的個性──直率，且非常獨立自主。」）

參照 straight arrow。

attic　屋頂閣樓

關於被派發閒差事的人，可以聯想起「窗邊族」，即閒坐在辦公室窗邊發呆的人。他們沒有任何特定的工作，容易被職場同事冷眼對待，也完完全全被視之為無用廢物。相對於此，另一個除掉眼中釘的辦法是，假借升遷、供奉如神。因頭銜漂亮，所以在表面上好似集眾人欣羨、尊敬的眼光，事實上，是上頭想藉此令眾人敬而遠之。前後兩者對本人來說，

都是一種侮辱，但後者至少在處理上比較令人有面子。供奉的「神壇」則多安置於二樓或屋頂閣樓，有時甚至連梯子或樓梯都被拆掉，永遠下不來。

▶ Within two months of Tet, Lyndon Johnson announced that General Westmoreland was being recalled to a new job—army chief of staff. As the months passed, the "upstairs" to which he had been kicked was looking more like an **attic**. ——*New York*, Oct. 24, 1983（〔越南〕新春攻勢後不到兩個月，詹森總統宣布將派衛斯特摩朗德將軍赴任陸軍參謀總長之新職。幾個月後，事情才漸漸明朗，原來將軍並非被升職，而是被「束之高閣」，不予重用。）

若以人體比作房子的話，屋頂閣樓因位於最上層，相當於人的頭部，故 attic 也可當 head（頭部）的意思使用。

Auckland　奧克蘭

即使是大企業，其海外駐派人員身居之地有時也往往環境惡劣，諸如交通不便或因風俗習慣而飲食受限的地點，那是人人皆不想前往的偏僻之地。對美國人而言，位於南半球最南端的紐西蘭奧克蘭市，正是最符合這種印象的代表地點。

▶ "Maybe you saw that editorial in the *New York Times* about the 'stench of failure' hanging over Reagan's White House. That is pretty terminal stuff and not at all like the *Times*. The fellow who wrote it will either have to prove his case, or end up as **Auckland** bureau chief." ——*Time*, Mar. 14, 1983（「或

許你讀過《紐約時報》上關於雷根政府籠罩在『失敗的惡臭』的社論吧。這篇文章一反時報的風格，是相當致命的報導。執筆者若無法證明自己的論點正確，就將面臨當奧克蘭分社社長般被貶職的命運。」）

另外，更慘的是被送往極北的西伯利亞，至於在什麼情況下使用，請參照 Siberia。

Avis　艾維斯租車公司

租車界中，Avis（艾維斯）和 Hertz（赫茲）兩大公司長年分食市場大餅。不過，艾維斯長期甘拜穩坐泰山的赫茲公司之下，還以「老二哲學」大作廣告，深受好評。因此，艾維斯成了 number two 的代名詞。

▶ABC News, with Arledge leading the way, is attempting to become the **Avis** of broadcast journalism. ——*US*, May 16, 1978（由亞烈吉所率領的 ABC 新聞，試圖成為新聞廣播界的「第二」。）

▶Nevertheless, Pepsi remains the **Avis** of soft drinks internationally as well as in the U.S.——*New Times*, Jun. 26, 1978（儘管如此，百事可樂在國際與美國國內的清涼飲料的市場上，仍屈居第二。）

以上二例用法有些差異。前者為「努力地想爬上第二名」，後者則含有「再怎麼努力，也成不了第一名」的消極意味。

Babe Ruth was a baseball player　貝比·魯斯是個棒球選手

　　在美國,若提到貝比·魯斯的本名喬治·哈曼·魯斯時,大部分的人都會如墜五里霧中;但若提到此暱名,則無人不知、無人不曉。不知道他是棒球選手的人,還可能遭人唾棄呢!

▶ To say she is active in her community and city is to say **Babe Ruth was a baseball player**. She serves on a dozen or so committees.──*The Great Divide*, Studs Terkel, Avon, 1988 (說起她在社區熱心公益的情形,就有如說貝比·魯斯是個棒球選手般無人不知、無人不曉。她同時還擔任十二個左右的委員會委員。)

to say Babe Ruth was a baseball player 的說法,若以 to say Japan was an economic power(日本曾是個經濟大國)替代應不為過吧! 但以現在式 to say Japan is an economic power(日本是個經濟大國)表達的用法,還是盡量避免,以免違背事實,招惹非議。請參照 skunks make their stinks。

baby's fanny　嬰兒的小屁股

　　fanny 雖說是屁股，但其實指的是人坐在椅子或墊子上時，臀部呈彎曲有如兩個弧度構成的部分。由於一般認為兩個弧形不可分，故絕對使用單數形，畢竟人不可能靠單邊屁股坐在椅子上。臀部不分性別，是人體最柔軟的部位，特別是新生嬰兒柔嫩滑溜的小屁股，更惹得母親們疼愛地輕吻、撫摸。

　　▶ Her face is as smooth as a **baby's fanny**.——*More Tales of the City*, Armistead Maupin, Colophon Books, 1980（她的臉柔嫩細緻，有如嬰兒的小屁股。）

fanny 被歸類為俚語，原為 buttock。就英語而言，雖然 buttock 比較「正式」，但作複數形時，不免會給人一種土裡土氣的感覺。

bacteria in a banana　香蕉裡的細菌

　　對附著在果肉的細菌來說，一整條香蕉等於廣大無垠的宇宙。到底香蕉是長在什麼樣的土地，什麼樣的樹，果實呈什麼形狀，這些對人的肉眼看不到的小小細菌而言，當然是想都不會去想的問題。而從香蕉的立場來看，細菌可幫助其成熟。由此可聯想：渺小的人類對整個宇宙的「成熟」（進化）也扮演著和細菌相同的角色。大概上帝對此也心知肚明吧！

　　▶ "We are all like **bacteria in a banana**," he once wrote after a manic episode, "each doing our own little thing, while the fruit is ripened for God's digestion."——*Psychology To-*

day, Oct., 1989（「我們全都像香蕉裡的微小細菌，」他在一次精神病發作後寫道，「每個人孜孜不倦地從事自己任務的同時，果實也漸漸成熟，等候上帝來品嚐。」）

此外，如同 medium（媒體）為 media 的單數形一樣，bacteria 的單數形為 bacterium。然而，一個細菌的存在並無任何意義，故單數形根本無用武之地。

bad egg　壞蛋

一堆蛋中，不可能全是上等的好蛋，偶爾也可能摻雜不好的蛋。人也一樣，好人 (good egg)、壞人 (bad egg)、笨蛋 (dumb egg)，形形色色混雜一堂。

▶ In their own defense, Kinloch police argue that there were some **bad eggs** on the force who didn't want to arrest their old hometown friends, but they're gone now.──*Newsweek*, May 14, 1990（金洛克警方為本身辯護說：過去警力中雖存在著一些壞蛋不願逮捕自幼一起長大的同鄉，但現在已被清除了。）

且將「電子雞」另當別論。如手掌大的雞蛋形狀很容易讓人覺得親近，想捧握在手心，漫畫也常以擬人化手法賦與蛋的臉部表情。不過，所謂的「蛋頭」卻不怎麼受歡迎，參照 egghead。

bagel without cream cheese　不塗奶油起司的貝果麵包

猶太人用餐時，通常會準備一種烤得乾硬的貝果麵包，切片後塗上奶油起司再享用。有如日本人吃飯糰習慣配梅子一樣，猶太人習慣吃貝果麵包塗奶油起司。沒有塗奶油起司的麵包，就好像飯糰沒有梅子、壽司沒有沾芥末一樣，已不再是人們眼中的貝果麵包了。

▶ To think of New York City's boy builder, invariably referred to as "The Donald" by Ivana, carrying on life without his Czechmate and social partner was to imagine the city without beggars, **bagels without cream cheese**.── *Time*, Feb. 26, 1990（艾凡那經常指摘：紐約市裡的青年房屋仲介者為「都市唐納德」，還說自己的生活中，若沒有出身捷克的太太同時也是自己社交伙伴的話，就有如沒有乞丐的紐約、沒塗奶油起司的貝果麵包。）

在此出現貝果麵包的原因，和紐約以猶太人居多有關。有時多得令有些人揶揄地說：New York 為 Jew York（Jew 指猶太人）。更進一步深思，和此比喻並列的 the city without beggars（沒有乞丐的紐約）一句，也含有相當的冷嘲熱諷之意。

bakery　麵包店

買麵包需要錢。說到錢，銀行裡堆積如山，宛如製造錢的工廠。若把金庫裡堆積如山的錢比作麵包的話，銀行就等於是麵包店。當罪犯之間說到「一起上麵包店」的暗語時，意思即在相邀搶劫銀行。

▶ In fact, they never referred to it as a bank. It was always the "**bakery**"—because "that is where the bread is."——*Every Secret Thing*, Patricia Cambell Hearst, Pinnacle, 1982（實際上，他們絕對不會說那是銀行。那裡永遠是「麵包店」，因為「那裡有的是麵包」。）

不過，囚犯用語的 baker（麵包師傅）則是暗指「電椅」。它可以把人「烤」得七葷八素，可說是非常能幹的啞巴麵包師傅。

ball-game on a rainy day　　雨天裡的棒球賽

雨天對於在滿是泥濘的球場上打球的選手，和不得已必須坐在濕透椅子上的觀眾而言，情緒上都會陷入最低潮。於是，當要譬喻十分低落的情緒時，不免就會浮現出在雨天裡舉行棒球賽的情景。

▶ I feel so bad, just like a **ball-game on a rainy day**.——*The Sound of the City*, Charlie Gillett, Outerbridge & Dienstfrey, 1970（我心情好鬱卒，感覺好像是雨天裡的棒球賽。）

相反地，「高興、興奮」時，或許可用 a ball-game on a sunny day（晴天裡的棒球賽）來形容吧！

ballet　　芭蕾舞

由芭蕾舞者整齊劃一的舞蹈，以及每個小細節都精心設計過後的演出，可以看出每位舞者一舉手一投足必定有百分之百完美地配合。

▶ A well-run factory is like a **ballet**. It should be planned with zealous attention to detail and supervised with no tolerance for mistakes.——*Time*, Mar. 26, 1984（營運完善的工廠就像芭蕾舞，必須仔細規畫細節並嚴格監督，以及不容許發生任何疏失。）

上例中，將工廠營運比喻為芭蕾舞，應是把芭蕾舞當作藝術，抱持著相當正面肯定的看法。不過，有人卻持相反的意見，認為芭蕾舞完全違背人體自然的律動，是非常不自然的舞蹈，完全和機器人一樣。若要更辛辣諷刺時，則可說 like a marionette dance，意指：像提線操縱的木偶。同為木偶，另外有一個眾人皆知的譬喻 puppet government，是指傀儡政權。由此也可以看出：比喻經常能反映人的價值觀。

balloon　氣球

　　氣球呈圓形，表面光滑。從其不長任何東西的印象，一看就知道到底比喻什麼吧！

▶ Squat, only about five feet tall, bald as a **balloon**, with a flashing grin and sparkling eyes, Father Divine had a magnetic personality. ——*The Epic of New York City*, Edmond Robb Ellis, Old Town Books, 1966（肥短身材，大約只有 5 英尺高，頭頂光禿如氣球，常年咧嘴微笑，眼睛明亮——狄芬因神父具有十足吸引人的魅力。）

balloon head（氣球頭）的意思一轉，可變成「傻瓜，笨蛋」，也可以轉為形容詞的用法，如 balloon-headed fool。

banana 香蕉

香蕉外皮黃色，皮剝開後，呈現出白色的果肉。身為黃種人，思想卻如白種人的人，就如同香蕉。

▶ "When American Chinese go to Hong Kong now, the guys over there don't want to have anything to do with them," says Dwight Rabb. "Hong Kong Chinese call them '**bananas**'— yellow on the outside, white on the inside."——*New York*, Jul. 16, 1990（「美籍華人到了香港後，當地人不願和他們有任何瓜葛，」多懷特・拉伯說道，「香港人稱他們為『香蕉』——外黃內白。」）

rotten banana（腐爛的香蕉），stale banana（變壞的香蕉）等皆為輕蔑這些人的比喻，含有「明明是黃種人，卻墮落敗壞」之意。

barn 穀倉，大車庫

這單字給人一種「寬廣空間」的感覺，因此有時可用為寬大的房屋之意。尤其是美國人，似乎對 barn 的感覺特別親近，引申為指人穩重、魁偉、有肚量。當人說「像穀倉一樣」時，語氣中必定帶著些許的驚異和尊敬。

▶ "She may be a mother, but she's big as a dumb **barn** and tough as knife metal."——*One Flew over the Cuckoo's Nest*, Ken Kesey, Signet, 1962（「或許她是個母親，但體格卻異常魁武，壯如刀鐵。」）

▶ She's dead; dope and heartbreak stopped that heart as big as a **barn** and that sound and style that no one successfully copies.——*The Autobiography of Malcolm X*, Penguin, 1964（她已死去。毒品和失戀使得她寬大的心停止跳動，並為她那無人可模擬的聲音和風格劃下休止符。）

至於形容屋外驚人的遼闊空間時，可以使用 like a football field（大得像美式足球場）的說法。

barrel　桶

我們常用啤酒肚來形容肚子肥胖的人，他們長得就像「啤酒桶」一樣。將中間部分鼓起的桶子附上人的臉部表情和手腳，使之擬人化的想像，在西方更明顯。

▶ George looks as round as a little **barrel** in his secondhand, navyblue suit.——*Mother Jones*, Nov., 1981（喬治穿著二手的深藍色西裝，圓圓滾滾的樣子看來就像個小桶子。）

同為桶子，barrels of money（裝滿金錢的桶子）則為「富裕、有錢」之意。

baseball manager　棒球總教練

以 ID（企業化）棒球為名，利用電腦分析打擊率、防禦率如何，卯足全力推銷知名度的，其實不只有日本的棒球總教練而已。一般說來，總教練的工作就是排列各項數據，盡可能的以數字使自己的策略正當化。因此，當人玩弄數字遊戲蒙騙對方在五里霧中時，就可說「像個棒球總教練一樣」。

▶ Police administrators can toss around more numbers than **baseball managers**. And like **baseball managers**, pollsters, politicians, or Pentagon generals, they can make statistics do just about whatever they wish.──*Lines and Shadows*, Joseph Wambaugh, Bantam, 1984（警政人員比棒球總教練更會玩弄數字。就像棒球總教練、民意調查專家、政治家，甚至國防部裡的將領，他們能夠製造出利己的統計數據以配合自己所需。）

在這一切以數字為優先的世界，除了上例所舉的職業外，或許可再加上只求票房的 movie producers（電影製片人），以及一心一意只求提高考試分數的 high school teachers（國、高中老師）等人。

bastion　稜堡

原指城牆上突出的稜堡，但實際上，此單字只用於比喻。

▶ It was not that he enjoyed time spent away from wife and family; on the contrary, home and family for him were **bastions** against the world. ──*The Rockefellers*, Peter Collier and David Horowitz, Signet, 1976（並不是他喜歡與妻子和家人分開。相反地，家和家人對他而言，是保護他不被外在世界傷害的屏障。）

此處雖言 bastion，卻不是用來指攻擊敵人的前線要塞，而是擋風避雨的安全地。

bathroom pornography　廁所裡的塗鴉

不管到哪裡的公共廁所，多少都有不入流的塗鴉或被粉刷過後的痕跡。用來比喻不足為奇之事，應是最貼切不過的了。

▶ Within the police department, threats of bodily harm to chief Gain soon became as commonplace as **bathroom pornography.**——*Frisco*, Mar., 1982 （有人威脅將傷害甘恩署長的傳言在警政署內已像廁所裡的塗鴉一般四處蔓延，無啥稀奇。）

當然，　同樣的意思也可以使用 bathroom graffiti。　只不過 pornography 一字較含有拐彎抹角的「故意、刻意」和誇大的感覺，也呈現出一種濃厚的視覺印象。

battleship　戰艦

戰艦給人的第一印象，不是巨大的船體，而是令人像要窒息的陰暗沈悶、獨特的船身顏色。

▶ The only furniture was a desk with a telephone panel, a few **battleship**-grey three-drawer filing cabinets and two long benches, on which several shabbily dressed men waited. —— *The Anastasia Syndrome and Other Stories*, Mary Higgins Clark, Arrow, 1990 （房間內的傢俱只有一張上頭擺放電話的桌子，幾個帶戰艦般陰灰色、有三層抽屜的文件櫃及兩張長椅。長椅上坐著幾個穿著窮酸的男人正在等候。）

sky-blue（天藍色的）、pitch-black（漆黑的；像蒸餾出煤焦油

後瀝青般的黑色）等皆為慣用的色彩譬喻。

beat around the bush　敲打灌木叢周圍以趕出獵物

　　有一種打獵方式是從遠到近重重包圍灌木叢裡的動物，再用棒子東敲西擊趕出獵物後捉住。在無處可逃的情況下，動物不得已只好現身。倘若獵物們會說話，一定會大喊：「不要再如此殘酷地折磨我們了！」與此類似，當有人兜圈子拐彎抹角說話時，聽在耳裡豈不令人想叫他「有完沒完，直截了當地說吧」。

▶Maria DiGiulio became the latest criminal suspect not to **beat around the bush** when arrested. When DiGiulio was booked in July for robbing the Everett (Mass.) Co-op Bank, she answered police Lt. Robert Bontempo forthrightly. "Occupation?" he asked. "Bank robber," she said. ——*News of the Weird*, Sep. 23, 1997（瑪麗亞・迪久里歐是近來遭逮捕的嫌犯中，唯一不拐彎抹角的人。當迪久里歐因7月搶劫麻州艾佛雷特合作金庫而被警察偵訊時，她直截了當回答警官羅伯特・梵典波的問題。當他問：「職業？」她回答說：「銀行強匪。」）

也可說成 beat about the bush。 參照 leave no bush unbeaten, sneak through the bushes。

beeline　蜜蜂回巢時的筆直路線

　　筆直如飛箭，目不轉睛、勇往直前之意。

▶In stark contrast to the rest of the kids in his high school who were virtually all college bound, John made a **beeline** for the get-rich-quick world of real estate. ——*Falling from Grace*, Katherine S. Newman, The Free Press, 1988（和其他全力衝刺準備上大學的同校學生完全相反，約翰一心一意朝向日進萬金的不動產世界發展。）

上例應該也可以換成 John ran a 100-meter track course for... （約翰正一口氣向……衝刺）的說法。

bees around the sweetest flower　圍繞最芳香花朵的蜜蜂

　　若將女人比喻為花朵，則男人為蜜蜂。愈是芬芳四溢的美麗花朵，愈吸引採花的蜜蜂聞香聚集。同樣的現象也發生在男女關係上。

▶Tagging along behind came Fanny with her boy-friends swarming like **bees around the sweetest flower**. I had only a devoted brother. ——*Heaven*, V. C. Andrews, Pocket, 1985（有如群蜂圍繞在最芳香美麗的花朵一般，追求芬妮的男友們四處跟隨她，而我卻只有一個忠實的弟弟。）

群繞花朵的，不用說，當然是雄的工蜂 (worker, working bee)，女王蜂 (queen, queen bee) 則據守著蜂巢悠然自得。因此推之，as busy as a bee（忙得像隻蜜蜂）指的必定是工蜂。所謂的天生勞碌命似乎是雄性動物的寫照。

behind the eight ball 在 8 號黑球的後面

撞球的球中，有一個 8 號的黑球，黑球只要一入袋，就算輸了。可知球桿前方若有黑球阻擋，情況會顯得相當不利，必須盡可能脫離此番險境。

▶ "If girls don't have that experience, they won't have the skills needed for computer use as adults. They will be **behind the eight ball** economically and socially." ——*Time*, Nov. 11, 1996 (「女孩子們若沒有那種經驗，長大後就缺乏使用電腦的必要技巧。這將使她們在社會上及經濟上處於不利的狀況，有如在 8 號黑球後一般。」)

另外，也可由全黑的 eight ball 聯想而知，是對美國黑人 (African American) 的蔑稱。

bellwether 繫鈴羊

牧地上，可看到一隻羊的頸上掛有鈴鐺，藉其鈴聲引導其他的羊行動。bell 為「鈴鐺」；wether 為「去勢的公羊」之意，兩個單字合併後，可引申意指「帶頭人，領導者」。

▶ Hewlett-Packard has become a **bellwether** for the tech sector and Compaq and Dell have long seemed immune to market gyrations. ——*Business Week*, Dec. 18, 1997 (惠普公司在科技方面領導群雄；康柏和戴爾公司則長期被公認免疫於市場的混亂，完全不受影響。)

溫馴的羊被套上鈴後，或許會乖乖地擔任嚮導的任務，然而，想要將相同的鈴鐺掛在為所欲為的貓身上，可就沒那麼容易，

也沒人願意自討苦吃。因此, bell the cat（在貓脖子上掛鈴鐺）
成為「挺身向困難挑戰，承擔危險的任務」之意。

belly button　　肚子的鈕釦，肚臍

　　人一出生，身上就附著一層如薄衣般的皮膚。若將皮膚
列入衣類範疇的話，肚臍就相當於肚子 (belly) 上的「鈕釦」
(button)。這種推論還蠻合理的，況且肚臍本身也長得像一枚
鈕釦，而每個人都有一個肚臍。

▶ "Java support is like a **belly button**," says Roger Heinen,
vice president of Microsoft's software-developer division.
"Everybody's going to have it." ——*Time*, Jan. 22, 1996
（「〔對於未來的電腦程式而言〕Java 語言是必備的要件，」
微軟公司軟體開發部門副總裁羅傑・海南說道，「每個人都
將需要它。」）

肚臍的英文原為 navel。另外，有種柳橙叫 navel orange（臍
橙），正因底部長得像肚臍而得名。

belly-up　　肚子朝上

　　魚死後，通常白肚向上，再被海浪沖打到岸邊。若將此
景轉移到馬路上，看到路中央四輪翻覆朝天的車子時，將是
一幅如何的情景？

▶ While the prospect of Japan going **belly-up** could hardly
be more momentous, financial earthquakes are already shak-
ing countries outside Asia. —— *Seeing Red*, Dec., 1997（正當

日本面臨有史以來最嚴重的經濟危機時，亞洲以外的諸國早已受到金融風暴的震盪。）

魚肚一翻白，代表生命的結束。不過無論如何，至少也要 lie on the belly（腹部著地）努力支撐下去。

big cheese　大塊乳酪，大塊起司

好吃的上等乳酪的印象與烏爾都語 (Urdu) 中的 chiz 意義結合後，有衍生出重要人物之意。並且再用 big 加以強調。

▶Dominic Barbara is a **big cheese**. ——*New York*, Jun. 17, 1996（多明尼克・芭芭拉是位舉足輕重的重要人物。）

也可再進一步以 a big piece of cheese（一大片的乳酪）表示。

bird　鳥

世上若有食量奇大的鳥則另當別論，但一般而言，鳥給人小巧玲瓏的印象。牠們再怎麼貪得無厭，小小的身軀所能容納的食物終究相當有限。

▶She's not a big eater—she eats like a **bird**. ——*New Times*, Mar. 5, 1976（她吃得不多，她吃得真的很少。）

鳥不僅外表小巧，連五臟六腑也小。另外，所謂 birdbrain（鳥的腦）則意指頭腦少一根筋的「傻子，笨蛋，輕率浮躁的人」，想當然耳，人腦如果像鳥腦一樣小，是不可能聰明到哪裡去。

biscuit box　餅乾盒

以前的餅乾通常裝在正四方形的白鐵盒子裡，因此，以此方形意象比喻事物時，總給人一種復古懷舊的感覺。

▶Our house is one of those massive old farm homes, square as a **biscuit box** with a sagging verandah on three sides. ——*Shoeless Joe*, W. P. Kinsella, Star, 1989（我們的房子是一座常見的大型舊農舍，如同餅乾盒的正方形形狀，三面環繞著傾斜下垂的陽臺。）

從盒中取出 biscuit 入口一咬，不但乾硬且絲毫不帶甜味，而 cookie 則大不相同，口味較多變化又香甜好吃。因此，可以 cookie 比喻「甜美、具魅力的女性」；「乾癟乏味、粗俗的女性」則稱為 biscuit，不過，此種比喻已逐漸少用。

blackbirds on a telephone wire　並列在電線上的燕八哥

燕八哥一般略大於麻雀，雖然有羽毛帶赤紅色 (rusty-winged blackbird) 或頭帶黃色 (yellow-headed blackbird) 等不同種類，但身體多以黑色為主，叫聲吵雜、單調。眺望著電線上一片漆黑的小鳥反覆不停地群飛過來、群飛過去，這般景象真是令人……。

▶"Reporters," former Senator Eugene McCarthy once remarked, "are like **blackbirds on a telephone wire**. One flies off, they all fly off. One flies back, they all fly back." ——*Time*, Oct. 6, 1986（前參議員尤金‧麥克卡錫曾如此指

摘過:「媒體記者們有如電線上並列的燕八哥。一隻飛離，全部跟著飛走；一隻飛回，也全部跟著飛來。」)

一般說來,「電線上的麻雀」較給人一種並列、靜止不動的感覺,相對於此,燕八哥則給人一種飛來飛去、繁忙不休的強烈印象。另外,有人認為鴿子較為適切用來形容會盲目跟隨某隻鳥的鳥類。

block of ice　大冰塊

大冰塊冰冷寒凍,不管任何人或物都無法接近,有寂寥無聲、靜止不動的意象。也可喻指人無依無靠。

▶She was still as a **block of ice**. Her eyes stared unseeingly into the shadows of the room. ——*The Outsider*, Richard Wright, Perennial, 1953(她僵直不動好似塊冰,茫然呆視著房間裡的陰暗角落。)

block 含有如磚塊等四邊切面的感覺。所以 block of ice 也給人一種冰廠工人尚未鋸開之前,呈四角塊狀的意象。

blue neon　藍色霓虹

現在的霓虹燈五光十色,色彩繽紛;然而稍早的過去,霓虹燈只能秀出原色。其中的洋藍,俗稱 neon-blue,澄淨透明,帶有人造色彩的光亮。

▶Usually Pete's eyes are half shut and all murked up, like there's milk in them, but this time they came clear as **blue neon**. ——*One Flew over the Cuckoo's Nest*, Ken Kesey,

Signet, 1962（皮特的眼睛通常是半開半闔，眼珠子的顏色好像摻雜牛奶般混濁不清。然而此刻卻一反常態，清澈光亮如藍色霓虹。）

本例中的 milk 一字被用來和霓虹的藍作對比，作為形容混濁狀態的單字最為貼切，而其形容詞 milky，很明顯含有不透明的意思。

blue pencil　編輯、校正用的藍色鉛筆

東方出版界校正書籍、雜誌時，一般多用紅筆修改，業界稱為「朱筆刪添」；在歐美國家則為「藍筆刪添」。

▶A **blue-pencil** President: Bush edits nearly every document sent to him for approval.——*Time*, Aug. 21, 1989（「藍筆」總統布希，幾乎修改了每一份呈給他批准的文件。）

喜歡修改部下提出的每一份報告書的上司，稱為 blue-pencil boss。不管在哪個工作場所，都有他們的存在。

bobbing cork　啵一聲彈出的軟木塞

試著想像生日或結婚典禮的宴會上，香檳酒瓶上的軟木塞被拉開的那一瞬間。由於慶祝賀喜的人眾多，使得周遭到處洋溢著歡欣喜悅的氣氛。那是個令人心情愉快、雀躍不已的畫面。

▶Long as three football fields, buoyant as a **bobbing cork**, the El Paso Sonatrach will cruise into Chesapeake Bay next week on a historic voyage. ——*Time*, Mar. 13, 1978（全長達

足球場的 3 倍，輕快有如彈出的軟木塞般的厄爾巴索·桑納特拉克號，在一段歷史性的航行中，將於下週駛入乞沙比克灣。）

此外，football field（美式足球場）通常並不用作長度的比喻，而是用來形容寬廣的空間。因此，即使指長度，也並非是狹長形，而是指有相當寬度的長形空間。

boiled potatoes　水煮的馬鈴薯

　　這裡指的不是剛煮好，還冒著熱氣的美味馬鈴薯，而是煮糊了、無味的水煮馬鈴薯。不用眼睛看，就已倒足胃口了。

▶ So, too, he believes, have her days, once tedious and bland as **boiled potatoes**, now come to seem intense, shapely, piquant. ——*Continental Drift*, Russell Banks, Ballantine, 1985

　　（因此，連他也相信：過去的她，日子過得像煮糊的馬鈴薯般平淡乏味；而今似乎充滿活力、敏捷與魅力。）

英語中，將罐頭牛肉和蔬菜熬成的料理稱為 boiled dinner 或 boiled dish，經常用於 old-fashioned（舊式的）或 cold（冷的）等形容詞之後，聽來便知不是什麼令人垂涎的一道菜。可說和「關東煮」之類的食物意象相距甚遠，比較激不起想吃一口的欲望。

boiler room　鍋爐房

　　幾乎大部分的人都不知道，舊時大樓內部的某處多半設有鍋爐房一事。所在位置或者不起眼，或者位於地下室裡某

處陰暗偏僻的角落。此為略嫌陳舊的俚語用法，讀者或許可以想像得出為何此語被用來形容搞暗盤的證券商。其中特別強調那種走後路、陰暗，以及空間狹窄的感覺。到了現代，則成為……。

▶ Operating out of "**boiler rooms**" usually stocked with nothing more than desks, phones and scripts, fraudulent tele-marketers earn from $1 billion to $20 billion a year. ── *Newsweek*, May 23, 1988（專門詐騙的假電話銷售員們，待在狹隘陰暗如鍋爐房的房間。只需桌子、電話和問題對應腳本，就可在一年內淨賺 10 億到 200 億美元。）

作菜不講究、功夫只學一半的廚師，人稱 boiler，是個廚藝不好的廚師。似乎 boil 一字都帶負面性。

Bonnie and Clyde call for bank regulations

邦妮和克萊德要求銀行加強立法

邦妮和克萊德為美國 30 年代經濟蕭條時期專搶銀行的一對搶匪。在 Arthur Penn（亞瑟·潘）導演的電影 *Bonnie and Clyde*（中譯片名：我倆沒有明天）的描述下，成為家喻戶曉的人物。但不法的銀行強匪竟要求銀行改進業務，這未免弄錯對象，太過荒唐了。

▶ "President Clinton calling for campaign-finance reform is like **Bonnie and Clyde calling for bank regulations**. ── *Slate Magazine*, Sep. 9, 1997（「柯林頓總統對競選經費制度改革的要求，就有如邦妮和克萊德兩大銀行搶匪要求

銀行改進法規一樣地荒謬。」）

對此例句有必要稍作說明：柯林頓當時曾為籌募參選總統的經費一事，招來多方的質疑而陷入困境，但卻仍然大談各項改革方案。 舉別的例子， 應該也能說成 like Prince Charles making a speech on the immorality of extramarital affairs（有如查爾斯王子針對婚外情的不道德發表演說）吧！

box of kittens　裝滿小貓的箱子

擠滿小朋友的房間，就好像裝滿小貓的箱子一樣熱鬧；也像翻倒玩具箱般的吵雜，需要老師的一陣如雷怒斥，才可能重回有如半夜裡基地的靜肅。

▶A country school house is as busy as a **box of kittens**. ——*National Geographic*, Feb., 1984（鄉下學校的校舍有如擠滿小貓的箱子般熱鬧，靜不下來。）

半夜裡的基地則以 as quiet as a box of dead fish（有如裝滿死魚的箱子般安靜）比喻，其中正散發出一種陰慘死寂的氣氛。參照 dead fish。

bread and butter　塗奶油的麵包

為了維持最低限度的生活，至少希望有塗上奶油的麵包裹腹。這是日常生活中各式各樣的需求品在一個一個削減後，最後殘留下來的最基本需求。這種麵包雖然平凡不起眼，卻是生活中不可或缺之物。

▶One walkout followed another; and no appreciable "**bread**

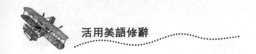

and butter" gains resulted. ——*The Course of Modern Jewish History*, Howard M. Sachar, Vintage, 1990（突發性的罷工接連地發生；卻仍不見基本生活條件的提昇。）

▶ What is absolutely necessary, however, is that you like and understand gamblers, from the slot-machine players, who are your **bread and butter**, to the high rollers, who can make a difference of millions of dollars in your bottom line in the course of one weekend. ——*Trump: The Art of Survival*, Donald Trump, Warner, 1990（但是，絕對必要的一點，你要喜歡進而了解各類不同的賭徒，從喜愛玩吃角子老虎而能確保我們基本營收的客人，到週末就能帶進數百萬美元利潤的豪賭客。）

▶ Gates could even foresee a day when Microsoft's **bread-and-butter** programs would be cut out of the market because they didn't work well on the Internet. ——*Time*, Jun. 5, 1996（蓋茲甚至能夠預見：微軟的基礎程式勢必被未來市場淘汰，因為它們和網際網路的相容性不佳。）

為了維持基本生活，麵包的一面只要塗上奶油就已足夠。而當更進一步說 bread buttered on the both sides（兩面都塗奶油的麵包）的話，則意味著「生活安樂舒適，無憂無慮」。如此一來，「塗了奶油的麵包」似乎也不輸大餐了。

bring home the bacon　帶培根火腿回家

　　培根火腿是維持生計的重要糧食，除了每天供應全家人食用外，還可貯存起來備用，以預防不時之需。即使別無其

他糧食，也可以藉此延續一段性命。身為一家之主，為家人帶回培根火腿是應盡的責任與義務。把本份做好，才足以問心無愧地說：「有做到事，盡到責任。」同理，bring home the groceries（帶回日常所需）也是一樣的意思。

▶During the early to middle 1980s, Lt. Col. Ollie North **brought home the bacon** for the Reagan-Bush administration. Wednesday, civilian Ollie North's sentence saved President Bush's bacon. ——*USA Today*, Jul. 7, 1989（自 1980 年代初期到中期，奧利・諾斯中校為雷根及布希政權克盡職責。星期三對市民諾斯的判決，拯救了總統布希。）

本例中的第二句使用了另一片語 save the bacon，巧妙地同以 bacon 一字作不同的比喻。片語字面意思為「省下培根火腿」，引申為「救人脫險」之意。

Brooks Brothers 布魯克斯兄弟

布魯克斯兄弟店創始於 1818 年紐約市的麥迪遜 (Madison) 大道，為老字號的紳士服專賣店。服飾以樸實耐久之特色聞名，成為美式服裝風格之典型。此品牌更成為菁英份子的象徵，是形容保守、體制內的代名詞之一。

▶He was wearing blue jeans and a **Brooks Brothers** shirt and loafers. A pool of blood was forming on the shirt. —— *New York*, Sep. 17, 1990（他身著藍色牛仔褲、布魯克斯兄弟牌襯衫和一雙平底便鞋。 襯衫上印染著一大片血跡。）

In the splendid isolation of the White House, the best and the

222

222

222

222

brightests in crisp uniforms and **Brooks Brothers** pinstripes can, with purpose and convincing logic, expound the virtues of force to fill the void of doubt that come with such crises.
—— *Time*, Nov. 12, 1990（置身輝煌、孤立的白宮，身穿直挺的制服和布魯克斯兄弟牌細條紋布襯衫的才智精銳們，為了消弭此些危機所伴隨的疑慮，能以一種具目的性、說服性的邏輯詳細解說武力的效能。）

Brooks Brothers 的英文縮寫為 BB，也可書寫為 B^2，讀為 B squared（B 的平方），乃過去就讀私立高中的權貴子弟間流傳的雅號。

bubble gum　泡泡糖

　　泡泡糖為過去孩子們的最愛，既便宜又到處有賣，想吃也隨時隨地買得到。那麼，現在在美國，如泡泡糖一樣普遍、到處販售的東西是什麼呢？

▶In the meantime, guns continue to be sold around the country like **bubble gum**: a new handgun every thirteen seconds, and a new rifle or shotgun every eleven seconds, with maybe a dozen states or cities having any controls at all on who can buy them. ——*New York*, Apr. 8, 1974（近來，槍械持續在全美各地販賣，有如泡泡糖一般氾濫。新型手槍每 13 秒賣出一支，新來福槍或散彈槍每 11 秒賣出一支，至於有槍枝買賣管制的州或城市，大約僅十二個地方。）

泡泡糖通常被貼上「幼稚」的標籤，披頭四等的歌曲也多被

稱為 bubblegum music（泡泡糖音樂），被正統派的「成人」所不屑。由此，本例文中就含有輕蔑槍械被當作泡泡糖一樣販賣，根本和玩具槍沒啥兩樣的意味。

burn one's Social Security number into one's memory　牢記社會福利卡號

現今，駕照和健保卡已成為身分證外，證明身分的兩大利器；在美國，除了駕照之外，就屬領取救助金用的 Social Security（社會福利）的卡號了。光憑這一點，記憶力再怎麼差的人，也會盡一切努力背下來。人若能經常像在此點上用心，就可以好好刺激腦部記憶細胞的活絡。

▶"Just as you 'burn' your **Social Security number into your memory** by repeating it over and over again, practice makes the activity of the involved neuropath ways more automatic." ——*Self*, Feb., 1984（「正如你一次又一次地試著將社會福利卡號『烙印』在腦海裡一樣，練習能使相關的神經反應變得更自主。」）

Social Security 制度下，是固定從領薪階級每月之薪資扣除百分之幾的「保險費」，稱為 social security payroll tax（社會保險預先扣除額），此「稅」的繳納乃國民應盡之義務。而越戰期間，經常可見反戰的示威活動中，焚燒社會保險證以示抗議的情景，強烈地表達出「拒絕再當美國人」之意。

butter　奶油

　　剛從冰箱取出的奶油，硬梆梆地，難以入刀，然而，只要放在烤熱的土司上，馬上就溶化流出。這種溶化的奶油讓美國人聯想起什麼呢？

▶ "They use ice picks and slip them into your heart like **butter**." ——*Time*, Apr. 11, 1983 (「這幫人將冰錐像奶油般地滑進對方的心臟。」)

此例句運用了奶油一字，帶出一種濕黏噁心的感覺。參照 butter-milk。

butterfly　蝴蝶

　　蝴蝶在花叢間飛來飛去採食花蜜，想停在哪朵花上，或者想往哪飛，都全憑自己喜歡，無拘無束、自由自在。牠們的生命雖然短暫，人類卻對其能夠無拘無束停靠在美麗花朵

的自由，懷抱著無限憧憬。

▶ A letter from his mother, who'd moved to Florida, told him he had "a big decision to make, and we'll stand by you," and advised him to remain "free as a **butterfly**." ——*New York*, Jan. 29, 1990（他收到剛搬至佛羅里達州母親的信，信中告訴他：「你必須做重大決定，而我們都支持你。」並建議他繼續維持「如蝴蝶般自由」的生活。）

不過，當心情煩躁不安無法靜下來時，就成了 I have butter-flies in my stomach.（我的胃裡有好幾隻蝴蝶在翻攪），意喻「我很緊張，內心七上八下」。由此亦可得知，看蝴蝶的人類其內心真是複雜難解。

buttermilk 脫脂乳

抽離奶油後的牛奶，因其成份中已沒有脂肪，所以喝起來口感滑順、清爽不油膩。

▶ He and his bride had two babies and everything was coasting along about as smooth as **buttermilk**. ——*Lines and Shadows*, Joseph Wambaugh, Bantam, 1984（他和年輕妻子之間有兩個寶寶，並且事事好像塗上一層脫脂乳一樣，滑順如意。）

和 butter 中的例句相比，即可了解二者間觸感的差異。

buttonhole 鈕釦孔

我們可將勉強對方留下一事說為「拉著袖子不放」，這應

是源自古時衣服上的袖子較長所給人的印象吧！洋服雖然也有袖子，卻不像古代衣服有寬大衣袖足以讓人抓緊，況且衣襬也不夠讓人抓住，所以西方人在挽留時，多用手指扣住對方衣服上的鈕釦孔。另外，此單字也經常當動詞使用。

▶Passing the buck to Gorbachev: A parliamentary deputy **buttonholes** the president. ——*Newsweek*, Jun. 25, 1990
（讓戈巴契夫擔此責任——一位國會議員全力慰留總統。）

此外，例句中的 buck 乃撲克牌遊戲中，放在發牌者前方，用來計算點數的標誌物。pass the buck 就是表示推卸、轉嫁責任之意。

California redwood　加州特產的美國紅杉

　　世界各地的文化都有誇大身體某部位或其他物質特性的說法，比喻的表現豐富又精彩，而且也多半如實地流露出各文化的特質。如中國詩句中的「白髮三千丈」是典型的代表。下面例句也強烈地表現出美國人喜愛用某地「特產」來誇大形容某事物的特性。

　　▶ Nor are they soon likely to ignore Schwarzenegger's biceps, which are about as big around as watermelons at harvest time, his calves, which appear to have the diameter of a **California redwood**, or his stomach, which seems to be made of Vermont granite. ——*Time*, Oct. 28, 1985 （人們不可能忽視阿諾·史瓦辛格那又大又圓如成熟西瓜的臂肌，以及粗如加州紅衫樹的小腿肚，　或是有如佛蒙特花崗岩般堅硬的腹肌。）

美國的西瓜和一般圓形西瓜不同，呈長橢圓形。成長茁壯的美國紅杉樹幹之大，必須由好幾個成年男子雙手張開才環抱得住。再者，東北部的佛蒙特州原本即以出產光滑堅硬的花崗岩著名。

called ugly by a frog　被青蛙嫌醜

被世間公認醜陋的青蛙說：「你長得真難看」時，一定情難以堪，內心不是滋味吧！

▶ "Being called a liar by the fella is like being **called ugly by a frog**," Powell said. ——*New York*, Mar. 28, 1994（鮑維爾說：「被那傢伙叫騙子，就好像被青蛙嫌醜。」）

在美國，一般對青蛙的印象非常差。因此，用來譬喻人的時候，多半和負面的批評有關。例如：混帳東西、無賴等等。不過，有一派學說主張：人類最初的手腳各只有三根指頭，臉也和青蛙非常類似。說到這，不知人類內心做何感想。

canned dog food　罐裝狗食

當食物不好吃時，我們通常會說：「這種食物只能給狗吃！」這種對於難吃食物的聯想，不管哪裡都一樣。

▶ Appearance: Most likely it was the Japanese influence that spawned the current passion for presentation. A dish has to look right on the plate or it might as well be **canned dog food**. ——*The Yuppy Handbook*, Marissa Piesman and Marilee Hartley, Long Shadow Books, 1984（就外觀來說：想必是受到近來被熱烈喜愛的日本料理的影響。一道菜必須擺飾得漂亮；否則再怎麼美味，也會被認為是一盤罐頭狗食。）

canned 一字，另有 canned cow（罐裝牛）的幽默比喻，所指的可不是罐頭牛肉，而是煉乳。

cannonball   大砲砲彈

有如 cannonball express（子彈列車）的說法，砲彈通常讓人聯想起超高速、快速的印象。不過，也有其他較為詩意的形容。

▶ It conveys an intense reverence for material: the density and solidity of rocks, the **cannonball** moon floating in a dark-filtered sky over the New Mexico desert, the way a geyser's spume becomes solid, a thick blade of water. ——*Time*, Sep. 3, 1979（其中傳達出一種對物質的強烈崇拜：緊密堅實的岩石，浮現於如黑色濾網覆蓋的新墨西哥沙漠上空的大圓月，以及由噴泉湧出的泡沫所形成的一道強勁如刃的水柱。）

正圓月，當然是指 full moon（滿月）。關於月光，請參照 moonbeam。

carry a monkey on one's back   背著一隻猴子

攀附在背上的猴子，格外令人心煩氣躁。原因不在重量，而是精神負擔沈重，造成內心憂慮不已。

▶ Reynolds and the other Yankee pitchers had humiliated me in 1949, my first World Series. For three years I **carried that monkey on my back**. Now I had to get him off. ——*The Duke of Flatbush*, Duke Snider with Bill Gilbert, Zebra, 1988（雷諾茲和洋基隊的其他投手們，在 1949 年我的初次世界賽中，讓我受到羞辱。三年來，我承受著這份恥辱帶來的沈重壓力。如今，我要洗刷前恥，卸下心頭重擔。）

本詞條的 monkey 一字，原引申意指嚴重的毒癮。每當毒品失去藥效，吸毒的人心情就像陷入谷底深淵，一面斥責自己、傷害自己，一面卻不得不向毒販買毒品，內心充滿矛盾、掙扎與悔恨。後來成為日常用語之一，由原意「有毒癮」引申為「承受精神重擔」。

cat 貓

貓被認為是邪惡的代表，雖然其強韌的生命力為人所讚賞，且其自在幻化的謎般形象也讓人覺得高深莫測，但有時也成為弱者的象徵。

▶ To tell the truth, I felt as weak as a **cat**, but I wasn't telling him that, so I told him I was all right.——*The Sackett Brand*, Louis L'Amour, Bantam, 1965（說老實話，我覺得自己像貓一樣虛弱，但是我沒有告訴他，只對他說我很好。）

此外，活潑敏捷當然也是貓的特性之一，因此，另有 spry as a cat（敏捷如貓）等說法。

cat from behind 背後襲來的貓

陰暗中，從身後潛進了一隻貓。這讓人光想像牠不知何時會飛撲過來，就不由得心驚膽戰。

▶ The fear closes in like a **cat from behind**. I cannot shake loose that panic, that cat. —— *Middle Son*, Deborah Iida, Berkley, 1998（恐懼趨近，有如從背後偷襲而來的貓。那份驚惶揮也揮不去。）

不過，最讓人覺得詭異的，應屬 cat in the meal（用餐時的貓），想表達「有……臭味；有……的嫌疑，隱隱中含有什麼陰謀」的語氣時，可用如下例之說法：They say there is a *cat in the meal*, by his retirement.（他的退休被認為有內情）。

cells in the blood　血液裡的細胞

　　血液在血管中流動，由紅血球、白血球等細胞構成。在顯微鏡下，可看到各種細胞成群在血液中移動的情形。

▶I knew the tunnels where the winos slept, the bag ladies, and the holes in the Flushing Line wall where you could see rats streaming like **cells in the blood**.——*The Pushcart Prize*, edit. Bill Henderson, Penguin, 1988（我熟悉睡著醉漢的隧道，手提大包小包逛街的小姐，以及地鐵通過的牆上，可見到如血液細胞成群川流的老鼠所進出的洞。）

黎明前的高速公路，其主要幹道已被郊外開向市區的通勤車潮所擁塞，而黑暗中一個接一個向前移動的車燈行列，經常被譬喻為 blood vessel（血管）。

chalk and cheese　粉筆和乳酪

　　若將粉筆和乳酪擺在一起，理應沒有人區別不出哪個是哪個。因此，可用為兩種有些類似卻又不同事物的比喻用法。

▶Some developments that may seem as different as **chalk and cheese** actually are part of a single change: The middle class has begun giving up guilt.——*Newsweek*, Jun. 25, 1990

（有些發展看似過於不同，無法比較，事實上，都只是中
產階級捨棄罪的意識之單一改變的一部分。）

若是條狀的乳酪，才會容易和粉筆弄混吧！另請參照 apples
and oranges。

cherry pie　櫻桃派

　　為酸櫻桃 (sour cherry) 所做的烤派。原本有蘋果派（參照
apple pie）是比喻美國典型事物的代表，而另將 cherry pie 的
意義延伸後，也同樣地為人所使用。

　　▶If violence is as American as **cherry pie**, in that overcele-
brated phrase, it is also as German as strudel, as Russian as
borsch, as Japanese as sake.── *Time*, May 19, 1972（若套個
很有名的句子「暴力有如美國的櫻桃派」，我們也可以說「暴
力就有如德國的餡捲餅、蘇俄的羅宋湯、日本的清酒」。）

德國的餡捲餅是一種以薄薄的麵皮將水果餡或起司包捲後，
用烤爐烘焙而成的代表性甜點。若按此理，繼續延伸說成 as
French as love affairs（如法國的戀情），或者 as Chinese as bribe
（如中國的賄賂）的話，就顯得有些失禮了吧！

chewing-gum　口香糖

　　像一邊嚼口香糖一邊說話的情形一樣，用來形容說話輕
浮、不得要領、不夠真心誠意的樣子。為美國偵探小說作家
Dashiell Hamett（達許・漢密特）愛用的詞語之一。

　　▶"That's the choice we'll give him and he'll gobble it up. He

wouldn't want to know about the falcon. He'll be tickled pink to persuade himself that anything the punk tells him about it is a lot of **chewing-gum**, an attempt to muddle things up."
——*Maltese Falcon*, Dashiell Hamett, 1930 (「我們若投下此餌，他必將一口吞食。他不會想知道有關老鷹的事。他將會樂於說服自己相信，那小毛頭胡口亂謅的話只是意圖使事情錯綜複雜而已。」)

20 世紀初風靡全美，之後流行全球的「口香糖」，是以樹膠 (chicle) 為主要原料的糖果，現在更有無糖口香糖等多種口味供人購買。

chicken with scattered corn 搶食落地黍的雞

　　據說雞很喜歡吃玉米，因為愛吃，所以一點都不想讓其他的雞奪走，於是每每食物一撒下，即群雞擁上，你爭我搶，一陣混亂。而其他的鳥類也一樣，只要餵給牠們各自喜愛的飼料，一定也會發生相同的爭食現象。不僅限於鳥類，若對世間男子撒下一種叫「美女」的餌，同樣也會使他們呈現半瘋狂狀態。

▶She was hard to get, which made the chase the more exciting: men were after her like **chickens with scattered corn**, fighting, scrambling, pushing.—— *Jericho*, Dirk Bogarde, Penguin, 1992 (正因她難以追求，更增添了追求她的樂趣。追求她的男人像爭食落地黍的雞群，互相爭搶、奪取、推擠。)

chicken head（雞頭）指的是沒大腦的人，由此可知，似乎雞比其他鳥類更適合用來形容人傻裡傻氣的樣子。

chigger　蟲子的幼蟲

這個單字似乎最早流行於黑人之間，除蟲子之外，有時也用於指臭蟲或跳蚤等。這些小東西平時躲在陰暗隙縫內，趁人不注意時就突然跳出來螫刺一口，讓人痛癢難受。這和那些總反覆犯同樣小錯誤的公務員，或者再怎麼校對都仍留有一些錯字等的經驗類似。只要光想，就讓人全身發癢不對勁。

▶ Most readers are sophisticated enough to know that the best writers suffer lapses. But readers are beginning to wonder why so many mistakes remain, like **chiggers**, in the texts. ── *Time*, Sep. 1, 1980（大多數的讀者皆能理解，再怎麼優秀的作家多少都會犯錯。不過，一些讀者開始對於為何有些出版物正文竟有如此多錯誤，而感到不解。）

bug（臭蟲類）不遜於上述的蚤類，也能對電腦帶來致命的危害。

children in a classroom　教室裡的學童

真正的教育不能對教室裡受教的學童一視同仁，灌輸完全相同的知識。若不重視孩童的個人發展因材施教的話，他們就無法好好長大成人。同理，我們應可注意到周遭，其實有許多人也正需要我們採取因人不同而用心對待的方式。

▶The vines in a vineyard, like **children in a classroom**, demand individual attention if they are to yield their best, and in the Napa Valley, they get a great deal of attention.—— *American Wine*, Peter Quimme, Signet, 1980（葡萄園裡的葡萄藤就和教室裡受教的學童一樣，要讓它們結實纍纍，就必須一枝一幹地細心照顧。納帕溪谷的葡萄就是如此地備受照顧。）

grapevine（葡萄藤）四處蜿蜒攀爬，長得錯綜複雜，由此衍伸出口耳相傳、人云亦云的「小道消息」之意。

chirps of maddened insects　發狂昆蟲的尖銳叫聲

　　在寬廣的草原或荒涼的沙漠曠野裡，有一群遮蓋天際，將人埋沒其中的昆蟲飛舞。試想牠們齊聲作響的情景，是聚集路旁的蚊群或蛾群所不可及的。

▶There were teams of American reporters and photographers, so many that the whir of the motor drives on the cameras at times sounded like the **chirps of maddened insects**.——*Playboy*, Apr., 1980（來自美國的記者和攝影師的人數之多，使得照相機上自動捲片的嗡嗡聲，有時大得如發狂昆蟲的叫聲。）

因為 insect（昆蟲）一字含有「螻蟻之輩」的意思，故此例的用法多少帶有輕蔑攝影機另一頭的媒體從業人員之意。

choose one's surgeon 　選擇醫生

　　一般人選擇醫生的標準是什麼？是對某專門領域特別精通嗎？還是受世人尊崇的學者呢？事實上，兩者皆非。而在於世人對其醫術的評價，以及很難對人解釋卻最能夠說服患者的信任感這一點主觀因素。在美國除了醫生之外，至少還有一種職業的選擇基準也一樣極具主觀性。

▶But choosing an attorney is **choosing one's surgeon**: it must be done more on reputation and faith rather than on genuine knowledge. —— *Every Secret Thing*, Patritia Cambell Hearst, Pinacle Books, 1982（然而，選擇律師就和選擇醫生一樣，不以其專業知識為準則，全憑口碑和信任。）

美國人仰賴醫生解救性命，同時也靠律師的手腕在社會上求生存。

cliff-dweller 　住在岩窟裡的人

　　過去曾有人在岩壁上鑿洞而居，那些人在現代相當於居住在高樓大廈裡的人，過著居高臨下的特權階級生活。

▶For a time when he was a senator, John F. Kennedy was invited (thanks to his marriage to **cliff-dweller** Jacqueline Bouvier), but once he became President he was promptly blackballed.—— *Newsweek*, Dec. 11, 1967（當約翰・甘迺迪仍是參議員時，因為和出身名門的賈桂琳・布維爾結婚的關係，還被邀請過。但是，在他一當上總統，就被排拒在外。）

這是因為支配美國首府華盛頓社交界的賈桂琳娘家，不想和

住進白宮的人往來之故。

cloud　雲

　　旅行途中仰望白雲，回顧一路上逍遙自在的自己，多麼令人稱心愜意啊！不論古今中外，漂泊天際的雲似乎都被比喻為可以自由隨性的旅行象徵。

▶ But most of those trips belonged to the romantic "wandered lonely as a **cloud**" school of travel.——*Mother Jones*, Feb./Mar., 1989（但是，那些旅行多半屬於浪漫派的「獨自浮雲漫遊」之旅。）

文中的 "(I) wandered lonely as a cloud"，為英國詩人威廉・華滋華斯〈水仙〉一詩的第一句。雲朵引人遐想，誘人進入非現實的世界。由此，on a cloud（在雲端上）指的就是如做夢般愉悅的心情。

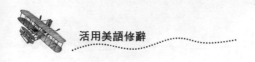

clover leaf　苜蓿葉

　　想像初次從空中俯瞰高速公路交流道時，心中的那股悸動。 感動之餘， 將十字交流道比喻為四葉苜蓿 (four-leafed clover) 的輕率，想必任誰也不會指責吧！

　▶The first **clover leaf** interchange went into operation at Woodbridge, New Jersey, in 1928. ——*This Fabulous Century*, vol. 3, Time Inc., 1969（最早的苜蓿葉形交流道，於 1928 年紐澤西州的烏布里治首度開通。）

苜蓿有的是四片葉子，有的是三片。三片葉子在基督教的基本教義中，代表著上帝、耶穌、聖靈之三位一體 (the Trinity)，自古以來為幸福的象徵。

coal miner　礦工

　　礦工是在漆黑的煤礦礦坑底下不見天日、全身沾滿煤灰賣命工作的職業代表。據說，過去礦場甚至還曾雇用過廉價的童工。而與此相當的職業是什麼呢？

　▶Dancers work as hard as **coal miners** used to work.——*The Deep Blue Good-bye*, John D. MacDonald, Fawcett, 1964（舞者像過去的礦工一樣工作辛勞。）

本例句中的 dancer，指的是歌舞劇院裡跑跑龍套、跳跳群舞的無名舞者。若換作 dancing girls（跳舞的小女孩）的話，更透露出一種被人虐待、遭人遺棄的淒慘命運。

coin 硬幣

我們通常用死魚的眼睛譬喻人目光呆滯、沒有生氣。而一旦擁有死魚眼睛的人死去，其兩眼全開、直瞪的情形就好像是圓圓的硬幣，冰冷凝滯於深深的眼窩裡。

▶ Their gangsters end up on a restaurant floor, with napkins tugged in their collars, eyes cold as **coins**, and a cigar gripped by their lifeless teeth. —— *Sez Who? Sez Me*, Mike Royko, Warner, 1982 （那一幫派的人最後落到橫屍餐廳地板的下場。死時衣領上還圍著餐巾，雙眼直瞪，冰冷有如銅板，不再有生命的牙齒還咬著根雪茄。）

在美國，硬幣最大的幣值不過 1 元美金，可謂「微不足道」。不禁令人感歎，生命竟如此廉價。

cold fish 冰冷的魚

拘謹、冷漠得難以親近，甚至覺得他不曾為愛心動過，是個令人無法捉摸、冷酷無情的人。

▶ "She might even be glad that Gil is dead when she's over the shock. Gil was a first-class sonofabitch if ever there was one. He was an absolutely **cold fish** whom I tried always to avoid, if I could."——*The Outsider*, Richard Wright, Perennial, 1953 （「當她從打擊中恢復時，或許會高興吉爾的死。他是世界上最差勁的爛人。他是如此的冷漠無情，令我儘可能地避免和他接觸。」）

英語中，似乎對魚類不太有好感。參照 dead fish, fish belly。

cold meat　冰冷的肉

活著的人身體溫暖；死去後，身體變得冰冷，就好像是「一盤冷肉」。

▶ "Frankly, I've no sympathy for him. I'm a Communist, and a dead man, so far as I'm concerned, is just so much **cold meat**."——*The Outsider*, Richard Wright, Perennial, 1953（「坦白說，我一點也不同情他。身為共產黨員，一個心已死去的男人，就我而言，根本毫無意義。」）

至於 cold meat box（冷肉箱），則是裝冷肉即屍體的地方，「棺材」之意。

cold shower in August　8月突來的涼陣雨

讓人熱得發暈的盛夏裡，不知從哪兒飄來一片烏雲，突然嘩啦地下起大雨，轉眼又遇天晴。雨後瞬間，只覺一陣涼意，而涼風宜人，更讓人有一股好似重生的喜悅。大概沒有人會不喜歡這種雨吧！

▶ As people came in Linda acted as if they were more welcome than a **cool shower in August**.——*Poodle Springs*, Raymond Chandler and Robert B. Parker, Futura, 1989（只要一有人進來，琳達就會熱烈招待，彷彿他們比8月的清涼及時雨還受歡迎。）

另外，有一種幾乎完全沒有雨，只刮猛烈的乾燥風，稱為 dry shower（乾陣雨）。

Colt 45　柯爾特 *45* 手槍

　　由於柯爾特公司率先成功研發出實用的左輪手槍，自
1830 年代起，即開始領先群雄地大量生產。其中更以「柯爾
特 45」最受歡迎，使手槍成為人人都可持有的武器，而被稱
為 people equalizer（擁有這個，人人平等）。

▶ The paperback book may be the greatest equalizer since the
Colt 45.——*Time*, Jun. 18, 1978 （平裝書或許是繼柯爾特
45 手槍之後，使人人平等的另一偉大創造物。）

西部電影中，甚至有一部片名就叫 *Colt 45*（柯爾特 45），其
中主演低賤售貨員的 Randolph Scott（蘭德夫・司考特）所拿
的槍，就是當時全新的柯爾特連發六顆子彈的 six-shooter（六
連發左輪手槍）。

cookie-cutter　餅乾模型

　　再怎麼壓熊貓形狀的餅乾模型，也只能壓出熊貓的形狀。
不過，卻可做出無數形狀相同的餅乾，大小完全相同，無法
區分。

▶ *The Match!* serves up a true "third party" set of opinions,
daring to press on where the political left and right dissolve
into meaningless rhetoric and **cookie-cutter** similarity. ——
Utne Reader, Mar./Apr., 1996（針對左右兩派政治份子的主
張已淪為空洞的文字修辭及如出一轍的雷同，*The Match!*
雜誌提供了一套具有真正「第三黨」特質的見解。）

cookie-cutter 亦有「警官的徽章」之意，並轉義指「警官」本身。不過，徽章看起來雖有派頭，實際上，也只不過和餅乾模型一樣，用處不大，以此揶揄「外強中乾的男人」。

cough drop　　止咳糖，止咳錠

　　一見多邊形止咳糖就想起大顆鑽戒的男人，想必過著和鑽石無緣的生活吧！而若能以真鑽石取代止咳糖放入口中的話，就算治不好咳嗽，也心滿意足吧！

　　▶I can see that Dave the Dude must put in several days planning this whole proposition, and it must cost him plenty of the old do-re-mi, especially as I see him showing Miss Missouri Martin a diamond ring as big as a **cough drop**.── *On Broadway*, Damon Runyon, Picador, 1977（我相信戴夫這個紈袴子弟不僅需要相當時日才能完成整個計畫，還需要一筆相當可觀的鈔票。特別是我目睹他在密蘇里・馬汀小姐面前展現一顆大如止咳糖的鑽石時。）

例句中的 do-re-mi 乃轉借俚語中原意為「現金鈔票」的 dough，由於其發音和音階中的 do 相同，再順口地說出 do-re-mi 之故。此用法很妙吧！此外，dough 原意為生麵糰，由此也延伸為犯人暗語中以「麵包店」暗指「銀行」之意，參照 bakery。

crazy quilt　　碎布縫成的蓋被，百納被

　　收集各種顏色、各種式樣的碎布補綴而成的被子，因沒有特定的圖案而顯得格調不一。

▶On the state level, the laws are a **crazy quilt** of confusion.
——*Newsweek*, Dec. 22, 1980 （州立的法律是一塊雜亂無章、難以理清的大謎團。）

crazy quilt 雖讓人聯想起 quilt，但 quilt 指的是塞進填充物後並縫出花樣的被子等物。故嚴格地說，只有像 patchwork（縫綴品）等物，在使用各種不同花色、圖案下補綴成的作品，方可等同英語的 crazy quilt。

cross one's fingers　交叉手指

　　將中指彎曲、重疊在同一手的食指上，這是以前的人祈求希望實現時的手勢。

▶People get **their** goddamn **fingers crossed**. Because, though they hope marriage is going to work, nobody puts their heart into it.——*Psychology Today*, Sep., 1967 （人們只是交叉手指而已。他們雖然希望婚姻能圓滿，卻沒人願為婚姻付出真心。）

願望實現時，會將交叉的手指打開，而呈 V-sign（勝利手勢）。

Dad's leather belt 老爸的皮帶

　　父親的皮帶做什麼用呢？除了不讓褲子掉下來之外，在父權盛行的時代，只要孩子不聽話，父親就會以皮帶代替鞭子痛打幾下，以示管教的嚴格，這可說是以前相當重要的家法道具。

▶ In the early 50s, when television was just beginning to up-stage conversation and child psychiatrists began to take the place of **Dad's leather belt**, Levenson was the apostle of hard work, discipline and doing-it-yourself.──*US*, May 30, 1978（50 年代初期，當電視開始進佔人們日常生活話題的同時，兒童心理學家們也開始取代老爸的皮帶登上教育舞臺。　雷文森為當時最先倡導勤勉、　紀律以及自己動手做〔DIY〕的人。）

上例所舉的雷文森，曾於 50 年代在 CBS 電視臺主持過一個非常受歡迎的節目「山姆・雷文森秀」。另外，若將 belt 當動詞使用，則為「鞭打，毆打」之意。

daisy　雛菊

　　清晨綻放嬌嫩花朵的雛菊，花語是純真、無邪，象徵著潔白無瑕的處女，也意指被眾人推崇、受讚賞的人，特別是指年輕貌美的女性。

　　▶ "I'm exhausted! I haven't had any sleep for nights! I'm going to have a nervous breakdown!" she shouted, and through it all she was fresh as a **daisy**.——*Esquire*, Oct., 1973　(「我已經筋疲力盡了！我已經好幾晚沒睡！再這樣下去，我會精神崩潰！」她大聲喊叫著，然後就像清新的雛菊般，又充滿了活力。)

不過，daisy 給人的印象並不完全是正面。身上浮現的斑點、雀斑也叫 daisy，若點點散佈於身體，則為 daisies。

dead duck　死鴨子

　　對於鴨子，美國人似乎抱持著一種極曖昧的情感。認為牠們可愛的同時，卻又覺得牠們的樣子既奇怪又好笑，也讓人一想到鴨子，就立刻聯想起牠們死掉或跛腳的樣子。

　　▶ "My God, it's your career! Suppose you get caught! You're a **dead duck**!"——*Golden Girl*, Alanna Nash, Signet, 1988　(「老天！那可是你一生的事業！萬一被逮到怎麼辦？你完蛋了！」)

lame duck（跛腳鴨）指的是競選連任時不幸落選，卻仍必須做滿任期，處於尷尬狀態的現任議員。

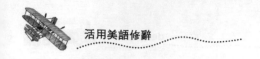

dead fish　死魚

　　美國人似乎喜歡家畜甚於魚類，食物中也多接觸牛肉，一直到最近，才開始對魚類有較為正面的印象。即使如此，說到 fish，還是不免認為是一種神秘、有時還略帶邪惡氣息的象徵性動物。

　　▶Some trade houses still refused to sell rights to the reprinters. Among the others who did, there were those who handled, like **dead fish**, at arm's length.——*Two-bit Culture*, Kenneth C. Davis, Houghton-Mifflin, 1985（出版業界仍多半拒賣版權給翻印廠家。就算其中有的賣出，也都小心謹慎地處理。）

poor fish（可憐的魚）為「可憐人」；queer fish（奇怪的魚）則指奇怪的人。奉承、阿諛老師，企圖博得老師好感的學生，則稱為 fisher（釣魚的人）。另外，矽谷特有的俚語中，有一句 "Deadfish, Idaho" 的說法。因為一般認為，愛達荷州裡的一些鄉鎮生活純樸、沒有變化，再怎麼神奇好玩的商品到那裡也乏人問津，居民也大多是缺乏想像創造力的普通人。相信一定有些生長於此的年輕人，會因為過厭如此平凡的生活而出走到矽谷。參照 cold fish, fish belly。

designated hitter　指定代打

　　日本職棒的太平洋聯盟和美國職棒大聯盟中的美國聯盟，都有採行指定代打的制度。指定代打是一種不將投手列入打擊球員名單之內，而以專業的打擊者代之揮棒的制度，因此較具攻擊力。這種作法雖然引人注目，不過，因指定代

打不須上場防守，不免被同隊成員排斥而被視作外人。在社會上也經常可見相同的情形。

▶Syndicated columnists have become the **designated hitters** on newspapers. With chains now controlling 71% of daily circulation, the absentee owners prefer bland, trouble-free editorial pages. Only outside columnists are allowed to be noisy, querulous and opinionated.── *Time*, Jan. 22, 1979

（報業聯盟的專欄作家已成為報界的指定代打。這個體系的作家所寫出來的作品，目前已支配日報總數的71%，而那些高高在上的老闆們比較偏好平實、無爭議性的社論篇幅。只有外聘的特約專欄作家被允許抒發議論、鳴不平及貫徹己見。）

designate 的字義中，多少含有被指派任命到某名譽性地位之意，故有如 an ambassador designated（剛被指派、尚未就任的大使）的詞語。

detergent　清潔劑

　　商店為了促銷，會將各式各樣的商品，如從嬰兒紙尿布 (diaper) 到冷藏食品 (chilled food)，甚至到電腦的相關軟體包裝出售。清潔劑之所以被用來列舉的原因，在於它是主導著消費品量販指數的家庭主婦們最需求的必需品，也是與郊區住宅生活緊密關聯的大型超商主力促銷的強打商品。

▶The familiar charge is that candidates are packaged like **detergents** and voters are manipulated by slick sales techniques.──*Time*, Sep. 29, 1980（用包裝清潔劑的方式包裝候選人，以投機取巧的推銷手法玩弄選民，是選舉最常為人詬病的地方。）

不僅出馬競選的候選人如此，就連從學校畢業的學生、準備結婚的準新人，甚至到死後的葬禮，都有商家包辦服務。因此就意義上考量，這些人其實和清潔劑也沒啥兩樣。

different road maps to the same territory 通往相同地方的不同地圖

即使要到相同的目的地，若手持的地圖不同，想必會走不同的路，旅途中所見的風景也會不同，而一路上所抱持的感覺及印象，當然也就不一樣。換作是人，情況也相同。即使是同一個人，在不同雜誌、電視等媒體的報導，或從不同人的口中，就會呈現出完全不同的形貌。

▶ Everyone there knew a different Jessica, a different person. They had all been tucked into separate drawers, fed conflicting misinformation, given **different road maps to the same territory**.──*Golden Girl*, Alanna Nash, Signet, 1988（在那裡的每個人都認識潔西卡，然而，卻都是不同的她。他們像各自被關進不同的抽屜、被餵食矛盾衝突的訊息，如同被分給通往相同地點的不同地圖一樣。）

road map 當然也可換說成 route map。

dime store　廉價店

用 dime（10 分錢）就能買到東西的超級廉價商店，也可說成 ten-cent store, five-and-ten-cent store。另外，有如稱呼通俗大眾小說為 dime novel（10 分錢的小說）般，總之 dime 通常用來表示廉價之意。

▶ "This **dime store** tragedy we're living has to have a livable ending, or maybe a livable beginning," she said, smiling at her analogy.──*Golden Girl*, Alanna Nash, Signet, 1988

（「我們的生活就好像一齣廉價的悲喜肥皂劇，至少要有一個殊堪回味的結局，或是一個有意思的開場，」她說道，並為她的比喻莞爾一笑。）

this dime store tragedy 可說成 this soap opera tragedy。現在雖已不太播放 soap opera（肥皂劇），不過，那可是過去家庭主婦們最愛的午間電視強檔。

a dime's worth　價值 10 分錢

由前項可知 dime 的意思，另外有句相當於「一文不值」的說法，是以 not a dime's worth 的否定句形式出現。

▶ His indictment is that there's not **a dime's worth** of difference between the "Helms view of the world" and the "Clinton view of the world," certainly not at that central juncture of economics and national purpose.── *Examiner*, Nov. 9, 1997

（他控訴說：「赫姆斯的世界觀」和「柯林頓的世界觀」兩者之間幾乎找不到任何差異，都是毫無價值，並且在經濟

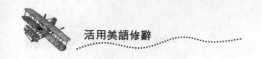

發展及國家政策的整合方面，更是明顯。）

其他也有 pennyworth（1 便士價值）的說法，不過，在語感上和 dime 不同。pennyworth 較不包含 dime 中被唾棄、輕蔑的語氣。

dinner plate　晚餐餐盤

每到一天一次的正餐 (dinner)，人們通常都會規規矩矩地就座餐桌 (dinner table) 前，不用盛盤 (tray)，而是用底淺面大的盤子 (plate) 進餐。什麼東西長得像餐盤一樣又大又平呢？

▶ When he said that he looked back over to Harding and Billy and made a face, but he left that hand in front of me, big as a **dinner plate**.——*One Flew over the Cuckoo's Nest*, Ken Kesey, Signet, 1962（當他說他回過頭看哈丁和比利並做鬼臉時，他那大如餐盤的巨掌卻擋在我的面前。）

以餐桌上的大盤子來形容手的大，可真是遠超乎我們的想像。

distant thunder　遠雷，遠處的雷鳴

雖然遠方響起的雷並不可怕，卻會逐漸逼近。這種情形就像內心的不安雖已萌芽，但離事件的發生還有一段距離。

▶ Think back to the mid-1960s. When Vietnam was still a **distant thunder** to most of America. When boys grew up to be doctors and girls grew up to be nurses. ——*Newsweek*, Feb. 20, 1989（請試著回想 60 年代中期。那時越南對大多數美國人來說，仍是遠處雷鳴之地，是一個男孩長大要當

醫生、女孩長大要當護士的傳統年代。）

美國的 60 年代末期到 70 年代初期，整個社會從「遠雷」時代躍轉為 rolling thunder（滾雷）時代。有如空中洶湧翻騰的霹靂雷響，越戰、多起謀殺、水門事件、種族暴動，再加上經濟蕭條等內憂外患接二連三席捲而來的時期。

DNA 去氧核糖核酸

　　構成大部分生物基因的高分子物質，其全名為 deoxyri-bonucleic acid，簡稱 DNA，為生命體的最基本單位。可以用來比喻組織或系統中最根本的東西。

> ▶If colleges are the **DNA** of society, then we don't have far to look to discover how we might restore to the world that sense of community it needs.——*The CoEvolution Quarterly*, Spring, 1981（大學若是社會的基本單位，那麼，我們將無須繞遠路去尋找恢復世界共同體的精神。）

在生物學的研究尚未深入到遺傳基因時，社會的基本單位其實是以別的詞語比喻。請參照 nuts and bolts。

dog-eat-dog 狗咬狗

　　二架戰鬥機電光石火激烈戰鬥的情形，稱為 dog fight。以此聯想，腦海中必能浮現出不擇手段、弱肉強食、「狗咬狗」的不忍卒睹的景象吧！

> ▶It was perhaps a circuitous technique of production, but the manufacturers encouraged its use, for the **dog-eat-dog** com-

petition among the contractors ultimately lowered the cost of production. —— *The Course of Modern Jewish History*, Howard M. Sachar, Vintage, 1990（就生產方式而言，似乎有些迂迴不直接。但由於承包商的激烈競爭，使得生產費用降低，而鼓勵了製造業者採行此種方式生產。）

▶ I always tried to oppose having it be a society of **dog-eat-dog**. I never tried to eat the dogs that were smaller than me. *Whole Earth Review*, May, 1985（我一向致力於反對同胞相殘的競爭社會。我從不曾攻擊比我弱小的人。）

另外，可以聯想到有人將不要的東西 throw to the dogs（丟給狗吃）。參照 canned dog food。

dog-eat-one's-homework　功課給狗吃掉

沒寫作業的藉口可以堆積如山。原本想早起寫功課，卻睡過了頭；或者在上學途中和可愛的小狗狗玩的時候，作業不小心被吃掉了等等。理由一籮筐，數也數不清。

▶ For weeks she'd been hearing **dog-ate-my-homework** excuses, and now she'd had it. ——*New York*, Sep. 17, 1990（幾個星期來，她一直聽到一些輕易就可拆穿的藉口，現在她已經受夠了。）

近來，I was abducted by aliens.（我被外星人綁架）已成為爽約時常用的藉口。

dog meat　狗肉

　　先不管亞洲的哪個國家，或者哪個國家的人吃不吃狗肉，就算得到他人送的狗肉，對不吃的人來說，終究是無用之物，還會造成處理上的困擾。

▶ And Jessica and Benskin were assigned elsewhere, to "another **dog-meat** story," as he recalls.——*Golden Girl*, Alanna Nash, Signet, 1988（他回想起：潔西卡和班斯金被派到別處探討「另一個垃圾話題」。）

狗肉雖然無用，但狗皮 (dogskin) 卻可用來做手套。

dog's head and its tail　狗頭和狗尾

　　這個比喻應該很容易理解。頭代表將軍，尾巴代表侍從，尾巴必須隨著頭的思考擺動。不過，前提是在沒有尾巴不聽頭的指揮下才成立。

▶ He explained that you had to think of President Kennedy as a dog and Attorney General Kennedy as the **dog's tail**. "The dog will keep biting you if you only cut off its tail," Carlos went on, "but if the **dog's head** is cut off, the dog will die, tail and all."——*Mafia Kingfish*, John H. Davis, Signet, 1989（他解釋說：「你必須將甘迺迪總統看作一隻狗，而任職司法部長的弟弟是牠的尾巴，」卡洛斯繼續說道，「若只切掉狗的尾巴，牠仍然會咬你。不過，如果把狗頭砍掉的話，不只尾巴，全身都會死去。」）

被狗咬只能忍耐，而只會吠叫 (bark) 的狗根本不值得害怕，

63

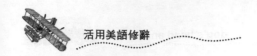

正如諺語所說，Barking dogs seldom bite.（會叫的狗不咬人）。
不只西方，我們東方人也不怕「遠吠的狗」。

dream　夢

　　夢想提供人們一個廣闊無垠的想像空間，引導我們走入
自由的奇幻世界。當人說到「如夢一般」時，心中一定是幻
想著某種超越眼前現實的東西。

　　▶It's a world without limitations, a world as unlimited as
dreams.──*Whole Earth Review*, Fall, 1989（那是一個沒
有國界的世界，一個好似夢幻、無垠的世界。）

　　▶It's the first time Groening's been able to rope anybody into
seeing one of these Hong Kong products with him, and the
movie, *Vampire vs. Vampire*, is fantastic, as strange as a
dream.──*Mother Jones*, Dec., 1989（這是格羅尼第一次
能夠邀集所有人和他同看其中的一部香港電影，而這部「暫
時停止呼吸」神奇幻化，有如夢境。）

因為只有腦袋瓜才會做夢，所以亦可將「頭」稱為 dream box
（夢箱子）。

a drop in the bucket　水桶裡的小水滴

　　比喻一個人力量微薄，無法對多數的大眾產生任何影響
時，我們會說如同「大海裡的一小水滴」或「滄海一粟」，這
些都是和「白髮三千丈」一樣，屬於東方的誇張比喻手法。
同樣情形，若以較貼近生活的想像力表達的話，則「海」字
會變成 bucket，或者 bathtub（浴缸）。

▶Despite the fact that Internet ad revenue is jumping—*Electronic Advertising & Marketing Report* found a 187.2 percent rise between August 1996 and August 1997—the take is **a drop in the bucket** compared to print ad revenue. ——*Wired News*, Sep. 26, 1997（根據〈電子廣告市場調查報告〉顯示，網路上的廣告費自 1996 年 8 月到翌年的同月為止，激增了 187.2%。即使如此，在金額上仍無法和巨額的廣告印刷費用相比擬。）

人傷心流淚不止時，則一大水桶還不夠裝，而必須以複數cry buckets（淚流好幾個水桶）來形容。

drum one's fingers　用手指敲鼓

　　人在坐立不安時，會無意識地用手指在桌上叩叩叩地敲打起來。若假定手指下有個小鼓的話，每個人就都是傑出的「手指鼓手」。

▶When juniors and seniors moved into off-campus apartments and Tech employees went home, or to off-campus offices, they found themselves **drumming their fingers** impatiently while waiting to be connected to the rest of the whole-wired world. ——*Roanoke Times*, Jan. 11, 1998（當大三、大四的學生搬到校外的公寓居住，以及工業大學的職員回到家裡或到校園外的辦公室工作時，他們發現自己經常不耐煩地用手指敲桌子，等待電腦將他們連結到其他的網路世界。）

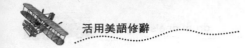

不過，若是換成 drum English into his head（把英語敲到他的腦裡，意指強令某人學習英語）的話，就讓人稍微有些恐懼了。

drumstick 鼓槌

由鼓槌的形狀可聯想起什麼呢？在美國南部鄉村長大的美國黑人，由於從小吃膩家中飼養的雞，所以對他們而言，看到 drumstick 就容易聯想到雞的腳，還不是大腿肉，而是大腿下的雞肉部分。

▶Then O'Neill rings the doorbell and, armed with a fried-chicken **drumstick**, heads for Stevie's room. ——*New York*, Nov. 6, 1989（接著，歐尼爾按門鈴，帶著炸雞腿走向思蒂芬的房間。）

beat the drum（以槌打鼓）則為「敲鑼打鼓，到處宣傳、廣告」之意。而 drumbeater（鼓手）即為做廣告宣傳的人。

duck takes to water　鴨子愛戲水

　　水鳥愛玩水乃天經地義之事。只要有水，就一股腦兒衝進水中游泳、沐浴或玩耍。看牠們游得多稱心快樂呀！什麼東西對人類而言，有如水之於鳥呢？

　　▶In the book I described that 10 to 15 percent of the population is what we call the "eager adopters," those are the folks that take to technology like a **duck to water**.──*Hot Wired*, Nov. 5, 1997（我在書中寫到，大約 10 ～ 15% 的人口即所謂的「積極吸收者」，會如水鳥戲水一般，喜歡縱遊於科技的領域裡。）

由於水鳥愛水，故 a fine day for ducks（鴨子們的「好」天氣）指的就是「下雨天」。

ducks at dawn　黎明時分的野鴨

　　獵野鴨的活動通常是在初曉黎明時分舉行，在此時飛出的野鴨，正好成為獵人們槍桿瞄準的目標，可憐的野鴨們的小命就這麼嗚呼哀哉了。不知世上能否找得到比這更容易命中的東西？

　　▶**Ducks at dawn** have a better chance: despite opinion polls showing that two-thirds of the public now favors gun control, the NRA still has the clout to shoot down the national firearms bills with the same skill it has exhibited in the past.──*Newsweek*, Apr. 13, 1981（黎明時分的野鴨至少還有生存的一線生機。話說儘管民調顯示，目前三分之二的人贊

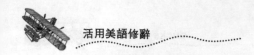

成槍械管制，然而，全美來福槍協會仍以過去慣用的伎倆〔在國會的辯論中〕阻撓聯邦槍械管制法的通過。）

本例中 ducks at dawn 和 firearms（槍械），再加上 shoot down（擊落，可用來比喻在辯論中擊敗對手）的相繼使用，營造出一種臨場感的豐富意象。另外，NRA 為 National Rifle Association（全美來福槍協會）的簡稱。「違反獵人的權益」為此協會最常用來反對槍械管制的理由。

eagle eye　老鷹的眼睛，鷹眼

　　鳥類肚子餓時，都會睜大眼睛努力尋找獵物，而擁有一雙銳利眼睛的老鷹更顯得精明、能幹。

　▶ "There will be an **eagle eye** out for the person who shows up to cash them." ——*Newsweek*, May 14, 1990 (「現身將那些東西換成現金的人，將會被嚴密監控。」)

相繼擊落敵機、屢報戰功的傑出飛行員也稱為 eagle，正因其目光銳利如鷹，一出手就絕不讓獵物脫逃之故。

east of the Potomac River　波多馬克河東岸

　　渡過在乞沙比克灣入海的波多馬克河，東岸即為首府華盛頓。追求榮華富貴者必須渡此河往東去；落敗傷心者則渡此河往西走，撒手揮別首都。

　▶ In 1941, at 72, a bitter Garner left Washington for Texas and vowed never again to travel **east of the Potomac River**. ——*Newsweek*, Nov. 20, 1967 (1941 年，72 歲的葛納傷心地告別華盛頓，前往德州，發誓再也不去波多馬克河東

岸了。）

east of the Hudson River（哈德遜河東岸）則是指紐約，不過，不常為人所聞，或許那兒並無所謂的名譽得失，也締造不了什麼偉大事蹟吧！

eat one's hat　吃自己的帽子

　　和「絕對不會錯，如果錯了，我就當小狗汪汪叫，繞柱子三圈」的語氣一樣，會用「若……，我就吃自己的帽子」表達，主要為女性用語。

▶ At the conclusion of the lecture, as she left the theater, McCormick turned to a friend. "That's Belaney, or I'll **eat my hat**," she said.──*The Atlantic*, Jan., 1990（當演講結束，麥柯咪可要離開劇場時，她轉向一個朋友說道：「那是貝拉妮！不是的話，我就吃掉我的帽子！」）

女性因為鮮少在外面脫帽子，因此，當說到要吃掉自己的帽子時，可是非同小可。可不要解釋為男人動不動就吃帽子的意思。

eat one's pillow　啃枕頭

　　沒有人願意啃無味到極點的枕頭。若真有人啃的話，味道一定和乾嚼沙子沒什麼兩樣。

▶ This epicurean success rests on an improbable ingredient: a bland, gelatinous, soy bean derivative called *tofu*, which many consider an affront to the taste buds. "*Tofu* is like **eating**

your pillow," pronounces Washington-based Researcher Lisa Frangos. But she likes Tofutti.——*Time*, Jul. 9, 1984（這道美食的成功，全靠令人想像不到的材料——一種無味、膠狀的大豆萃取物，叫做豆腐。許多人甚至認為豆腐對味蕾是種侮辱。駐華盛頓研究員莉莎・佛朗哥表示：「吃豆腐就好像在啃枕頭。」然而，她卻喜歡豆腐冰淇淋。）

本例的用法也和豆腐的顏色和形狀都讓人聯想起枕頭有關。Tofutti 為内加豆腐的冰淇淋，曾於 80 年代以健康食品之名在美國造成一陣流行。

echo chamber　回音室

　　在裝有回音設備的房間，無論多麽小聲說話，在經過多次牆壁迴盪後，都會變成巨響。甚至連根細針掉在地上，都會聽起來像個大鐵杖掉落般的大聲。總之，任何聲音一到此房間，皆變得比實際誇張好幾倍。

▶ "I've never seen an incumbent as well positioned at the start of an election year as this one," says the Brookings Institution's Stephen Hess. "The Presidency is a huge **echo chamber**, magnifying every little thing he does."——*Time*, Feb. 6, 1984（「我從未見過一位在職者於選舉年一開始，就如此佔盡天時地利，」布魯金斯研究所的史蒂文・赫斯說道，「總統職位就有如巨大的回音室，誇張放大他所做的一切雞毛蒜皮之事。」）

總統等有力的政治家身邊，向來不缺歌功頌德、阿諛奉承的

馬屁精，這些不請自來的跟屁蟲，即稱作 echo（回音），即「附和者，應聲蟲」之意。

Edsel　愛德賽爾汽車

1950 年代末期，福特推出名為「愛德賽爾」系列的車款全力推銷，結果卻慘遭滑鐵盧。於是，大家只要一提到全力推銷卻賣不出的商品，必定會聯想起這系列車光榮敗北的事。

▶From the time Pocket Books issued *The Hunchback of Notre Dame* in two volumes in 1939 to Ian Ballantine's unfortunate experiment with *Rosevelt and Hopkins* in 1950, the two-volume paperback was clearly the **Edsel** of the industry.
——*Two-bit Culture*, Kenneth C. Davis, Houghton Mifflin, 1984（自口袋書店於 1939 年出版上、下二集的《鐘樓怪人》起，到 1950 年伊安・巴朗泰英的實驗性出版《羅斯福與霍普金斯》不幸失敗後，上、下分冊的平裝書很明顯地成了業界的慘敗標記，有如汽車業中的愛德賽爾。）

此外，諷刺的是，愛德賽爾乃汽車大王亨利・福特的孫子的名字。

egg　蛋

蛋殼 (eggshell) 易碎，故一般的印象中，蛋為脆弱、容易破損的象徵。

▶France was invaded and the supposedly invincible Maginot line, a system of defenses, cracked like an **egg** before the

Nazi blitz.—— *Two-bit Culture*, Kenneth C. Davis, Houghton
Mifflin, 1984（法國終被入侵，連原以為不可能被突破的防
禦系統，馬其諾防線，在納粹德軍的閃電攻擊之下，就像
雞蛋般脆弱，一下子就瓦解。）

也可說成 crack like an eggshell。另外，eggshell china（如蛋殼
般的瓷器）指的是「薄而透明的瓷器」。

egghead　蛋頭

　　1952 年美國總統大選中，民主黨推出的候選人史蒂文生
(Adlai E. Stevenson) 因為有個大光頭，讓人一看就想到蛋，所
以此單字成為對他及他的支持者的稱呼，意味著在政治上追
求自由、進步的人。不過，此用法逐漸轉變成用來稱呼腦袋
冥頑不靈的知識份子，含有輕蔑之意。

▶My direct experience with their fascinatingly varied work
made me all the more impatient with the tangled verbosity and
aridity of European poststructuralism, which yuppified
eggheads in academic mouse holes still confuse with au-
thentic leftism.——*Salon Magazine*, Oct. 25, 1997（由於直接
經歷過他們吸引人的多樣化工作，使我對於象牙塔裡雅痞
化的知識份子至今仍深陷於正統左派與歐洲後結構主義混
同所造成混亂的冗贅和枯躁，感到更不耐煩。）

例句中 mouse hole（老鼠洞）和 ivory tower（象牙塔），指的
都是學者們自我封閉、與世隔絕的地方。而後者的 tower 可
沒有塔一般的堂皇，含有如同在破牆的鼠洞裡得過且過地生

活的語感。參照 bad egg。

Elizabeth Taylor's eyes　伊莉莎白‧泰勒的眼睛

即使隨著年歲的增長，已漸失昔日的風采，但是對老影迷而言，只要一講到伊莉莎白‧泰勒，就立刻想起她那對紫羅藍色 (violet) 的眼睛。

▶She claimed she had violet-colored **eyes** like **Elizabeth Taylor's**, but she knew they were really only a sort of bluish-gray.——*Lullaby*, Ed McBain, Avon, 1989（她雖然宣稱自己有對像伊莉莎白‧泰勒的紫羅藍色的眼睛，事實上她明白，那只不過是一種藍灰色。）

奇怪的是，有種高麗菜竟也叫 violets。據說，並非因顏色而得名，而是因為滾燙時，會有一種紫羅蘭香味的緣故。

empty nest　空巢

鳥類為撫育雛鳥而築巢，小鳥們長大後，便一一振翅飛去，留下空寂的鳥巢。雖然有的巢在新生兒誕生時，會再度使用，不過，多半則任其腐朽。人類的家庭情況也和此類似。

▶*The New York Times* runs a front-page interview-based piece on President Clinton, the follow-on to a presidential chat piece that ran yesterday. The Sunday effort dwelt on the personal side of Clinton's life nowadays: his knee injury, his hearing aids, his love of golf, his **empty nest**.——*Slate Magazine*, Dec. 8, 1997（接續昨天和總統對談的報導，《紐

約時報》今天以頭版刊載有關總統柯林頓的採訪報導。週
日的報導著重於柯林頓近來的私生活面──從他的膝蓋受
傷、助聽器、對高爾夫球的喜愛、到小孩離去的「空巢」
期等等主題。）

柯林頓夫婦在獨生女進史丹佛大學前去加州後，也成了 emp-
ty nesters（守著空屋的寂寞雙親）。這位前總統的外遇疑雲，
應該不是因為這個原因而產生的吧！

Englishman　英國人

　　典型的英國人不但在美洲大陸，甚至在歐洲大陸，也都
被認為是相當怪異的人。

▶ Only mad dogs and **Englishmen**, it is said, go out in the
noonday sun. ──*Time*, Mar. 6, 1989（據說，只有瘋狗和英
國人會在正午的大太陽下外出。）

同理，應該多少可以理解 English guidance（英國人的指導）
為什麼是指像 SM 的虐待性捆綁或鞭打遊戲吧！

fat cat　肥貓

　　漫畫中，一隻身穿華麗的粗格子西裝、口中叼著根大雪茄、擺著一副臭架子的肥貓登場了。一看就知道是非常有錢的「資本家」形象，特別意指大量提供政黨政治獻金的人，同時也包括資助企業界或演藝人員的人。

▶He was George McGovern's **fattest cat**—a magnificent angel who faithfully bankrolled the long-odds candidate through the bleakest months of his primary campaign. ── *Newsweek*, Sep. 18, 1972（他是喬治・麥高文的最大金主。在初期競選活動中，即使是最艱困的數個月裡，依舊像天使般，慷慨地提供資金給這位勝選希望渺茫的候選人。）

▶The new evidence apparently includes solicitation call sheets that were prepared for Clinton, for calls to **fat cats** who indisputably gave money to the Democratic National Committee. ──*Slate Magazine*, Sep. 21, 1997（最新的明顯證據包括一份為柯林頓準備好的電話勸募名單，好讓他打電話給鐵定會捐錢的金主，要他們獻金給民主黨全國委員會。）

就算不太胖，若以最新流行趨勢來看，幾乎每個男人都可說

是 cat（貓）。

favorite son　最喜愛的兒子

　　美國的總統候選人，原則上須得到各州黨員的推薦後，再爭取全國黨員代表大會的提名才能參選。不過，有的州會推出特別「受歡迎的人」，即使他們不被其他州提名。原因不在於想唱反調，而是因為各州一來沒有必要和聯邦同步行動，再者，更多是為了誇示、強調各州的獨立主權。

▶Dissidents Democrats in Minnesota are also trying to build up enough support to send McCarthy to the Chicago convention as the state's "**favorite son.**"——*Newsweek*, Nov. 6, 1967（明尼蘇達州反主流派的民主黨員們，也正全力尋求足夠的支持，要將麥卡西以州獨立候選人的身分送上芝加哥的全國代表大會。）

the Son 乃對耶穌基督的敬稱。son of liberty（自由之子）則意謂殖民時代中勇於起身反抗英國支配的鬥士。可知 son 在美國有光榮希望的象徵之意。

feel one's oats　感到精力充沛

　　據說馬只要吃了燕麥後，就會變得精力充沛。人也一樣，精神一振奮，就如馬吃過燕麥般，心情頓然開朗起來。

▶The *Washington Post*'s top national story is that President Clinton's nomination of Bill Lann Lee to the Department of Justice's top civil rights job is in bad shape. Senate Republi-

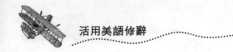
can leaders are **feeling their oats** over yesterday's Supreme Court decision upholding Proposition 209 and are suggesting that Lee and any other future nominees to the post will face a tough new standard on affirmative action.——*Slate Magazine*, Nov. 5, 1997 (《華盛頓郵報》頭版頭條報導，柯林頓指名比爾‧藍‧李為司法部公民權問題負責人的這件事，正陷於膠著狀態。參議院共和黨的領袖們對昨日最高法院認可第 209 條的判決正感到欣悅的同時，也建議將來不管是李本人或誰被指派任職，都會在反歧視的措施上面臨更加嚴屬的新標準。)

原來給馬吃的燕麥去殼後，就成為人吃了也會精神百倍的 oatmeal（燕麥片，燕麥粥）。

fence-post　籬笆的木樁

在查尋「木頭人」的美語說法時，竟浮現出籬笆的木樁字眼，來自於小木樁只是呆立一旁，根本沒有什麼多大用處的意象。

▶ 'That man has the IQ of a **fence-post**,' said Gregory.——*Los Angeles without a Map*, Richard Rayner, Paladin, 1988（格雷哥利說：「那個男人的智商只如籬笆的木樁一樣，笨得很。」）

有人喜歡 sit on the fence（坐在籬笆上），觀望哪邊風景較好、情勢較佳，可意喻「騎牆，觀望情勢」。這種優柔寡斷、見風轉舵的人，被稱為 fence rider（騎牆派），是一種不名譽的封號。

Ferris wheel　摩天輪

　　到遊樂園時，我們總會慣例地乘坐幾項並非特別新奇好玩的遊樂設施，諸如咖啡杯和摩天輪之類。摩天輪的玩法是坐進垂吊在大轉輪上的車廂，隨著巨輪的轉動也反覆著上下的擺動。不過，卻有人能從單調的運轉中看透人生或商業生意上的機微奧祕。

▶"In an industry that goes up and down more than a **Ferris wheel**, Dirk Diggler's talents remain rock solid. ——*Drudge Report*, Nov. 23, 1997（身在比摩天輪的上下擺動更激烈競爭的產業界，達克・底格拉的才幹依然令其屹立不搖。）

此外，Ferris 源自於人名。1893 年芝加哥舉行萬國博覽會時，一名叫喬治・華盛頓・蓋爾・菲理斯 (G. W. G. Ferris) 的工程師，設計製造出世界首座高 250 英尺的大型摩天輪，而大獲好評。於是，此摩天輪被命名為「菲理斯之輪」(Ferris wheel)，沿用至今。

field of virgin snow　處女雪地

　　任何人都還不曾踐踏過的雪地，寬廣遼闊、一望無際。這空曠無垠的銀色世界象徵著光輝燦爛的未來，那裡正有著無窮的可能與希望。

▶Now that she is rich and free, "the girl of the '70s," Margaux is moving from pop fame to superstardom. Her life seems to stretch ahead of her like a **field of virgin snow**. ——*Time*, Jun. 16, 1975（被譽為「70 年代女性代表」的瑪

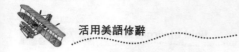

歌,今日的她富裕且自由,正逐漸從偶像轉型為超級巨星。
她的人生有如徜徉在處女雪地一般,無限寬廣。)

virgin 的意象代表著未經人類開墾的大自然。因此,無人踐踏
過的森林,叫作 virgin forest;未曾被砍伐過的原始森林,
稱為 virgin timberland;而所謂的處女地,則是 virgin soil (land),
即指人類尚未開發的地區。

fight a division with a platoon 以排抵抗全師

指以寡敵眾之意。大導演奧利佛‧史東的處女作 *Platoon*
(前進高棉),全片描述少數的美國兵如何在絕望中與人數占
優勢的越共奮戰的經過,正如本詞條所示之意。

▶ When Georgia Governor Jimmy Carter phoned Agnew to
encourage his old friend, he found himself talking to a weary
and saddened man. Reported Carter: "He said that he and his
family were under tremendous pressure and that he felt like he
was **fighting a division with a platoon**." ——*Time*, Oct.
1, 1973 (當喬治亞州州長吉米‧卡特打電話給昔日老友安
格努,試圖鼓勵他時,發現自己是在和一個疲倦、滿懷傷
感的人說話。卡特說道:「他說他和家人遭受到無比巨大的
壓力,使他感到自己好像引領著小排兵卒對抗全師的人。」)

軍隊的基層單位為 company (連),其下為 platoon (排),再
其次為 squad (班)。

fingernail　手指甲

指甲可說是微不足道的東西，所佔人體的比例也是小到不起眼。當美國人說「沒有指甲的才能」時，即意指沒有半點才能。

▶They don't possess a **fingernail's** worth of talent compared to professional ballplayers.──*The Great Divide*, Studs Terkel, Avon, 1988（相較於職業球員，他們可說是連一丁點兒的才能都沒有。）

本例句中的 ballplayer 指的是棒球選手，有時也用於指足球選手。

fish belly　魚腹

魚腹呈白色。像雪一般的白色 (snow-white)，會讓人看了舒服；但魚腹的白，只讓人感到討厭、噁心。

▶The hacker stereotype is a pudgy male with a **fish-belly**-white complexion who swills soft drinks, lives on candy bars and spends most of his waking hours in front of a terminal, playing games or trying to penetrate Defense Department networks.──*Time*, May 9, 1983（典型的電腦駭客通常是矮短肥胖的男性，帶著魚腹白的膚色，以喝飲料和吃棒棒糖為生，只要眼睛一張開，就坐在電腦終端機前，不是打電動，就是企圖入侵國防部的網路系統。）

在德州西南部一帶，稱墨西哥人為 yellow belly，不是因為他們有著「黃色的肚子」，而是因為 yellow 有形容「懦夫」之意，

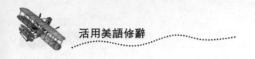
其後再加上 belly 一字，就成了輕視他們的蔑稱。總之，美國人的意識中含有對「魚腹」的負面印象。參照 cold fish, dead fish。

flame　火焰

熊熊烈火可以用來比喻是把無法阻擋的熱戀火焰。

▶In a 1970 interview with *Time*, Mr. Segal said he had used the story of a Yale student whose wife had died, but had based Jenny's personality on a **flame** from his Harvard days who did not go to Radcliffe.——*The New York Times*, Dec. 17, 1997（在 1970 年《時代》雜誌的訪問中，席格說，他雖採用一位耶魯大學學生失去妻子的故事，不過，珍妮的角色卻是以他在哈佛學生時代的女友為依據，而實際上，她並沒有就讀過拉德克里夫大學。）

「昔日戀人」為 old flame（昔日的火焰）。原本理應熄滅的戀情若再度展開時，我們會稱為「舊情復燃」。這和西方用火形容情人的比喻倒有些相似。

flight recorder in a plane crash　墜機的飛行記錄器

飛機降落時，機內的飛行記錄器會記錄下最正確的實際情形，因此若不幸失事，將可從中找出最後的軌跡——通常是直線墜落。記錄飛機失事前的飛行狀態可以說是飛行記錄器的唯一最大功能。

▶*The Examiner*, then a morning paper, begins in the dominant position, well above the 200,000 mark, and continues to rise gently, but in the 1953–63 period shows some funny turbulence, after which it looks like the **flight recorder in a plane crash**.──*San Francisco*, May, 1982 (*The Examiner* 為當時的一份日報，開始即以二十萬份強的銷售優勢進佔市場，之後也持續緩慢地成長；然而在 1953～63 年期間，卻被捲進一股莫名奇妙的亂流中。自此，業績直線下降，有如飛機失事時的飛行記錄器。)

例句的 turbulence（亂流）經常是墜機的主要原因，正好巧妙地與 flight recorder 一起出現。

fly　蒼蠅

　　黑黑的蒼蠅，隨手一打，就可簡單致死，而且殺得再多，也不覺有什麼罪惡感。總之，越沒有蒼蠅越好。對美國人而言，誰像黑黑的蒼蠅呢？

▶"Blacks are dying like **flies**. We need to talk about what's going on."──*USA Today*, Aug. 23, 1989（「黑人正如蒼蠅般死去。我們有必要針對現狀進行檢討。」）

至於慘死的方式，有 die in the ditch, die in the gutter（橫死溝渠）等比喻用法。

football weather　美式足球賽的好天氣

　　隨著棒球季節的結束，美式足球賽的季節正式展開。

▶He woke upon a fine fall day—**football weather**. The depression of yesterday was gone and he liked the people on the streets.—— *Babylon Revisited*, F. Scott Fitzgerald, 1931（他在秋高氣爽的球賽好天氣中醒來。昨日的憂愁一掃而空，甚至覺得街上的每個人都很可愛。）

logging weather（砍柴的天氣）則是指「酷寒的日子」。

former love affair　昔日戀情

過去苦戀的日子雖難熬，卻也令人難忘。而回憶總是選擇最美的一頁，忘卻有過的傷痛。

▶School days are like **former love affairs**: one tends to remember only the good times. —— *Vanity Fair*, Oct., 1984（學生時代有如昔日戀情——我們總是只記得美好的一切。）

不過，問題就出在仍存有留戀的心態。不是想再度挽回過去的戀情，就是期望能再一次回到學生時代。但現實上，兩者都不可能實現。而 former 一字，即意指以前曾經存在、現在已經沒有了，強調已是過去式，含有一種堅定「意志」的語感。而 former 的反義字為 present（現在的），或者 current（現今的）。

fox　狐狸

過去英語中的狐狸一字，只用於形容狡猾多端的壞蛋，現在所使用的意義則完全不同，指的是具性感魅力的美女。最早是美國黑人之間使用的詞彙，其聯想來自於狐狸的褐色

毛色。搖滾歌手 Jimi Hendrix（吉米·亨德利克斯）所唱出的
名曲 *Foxy Lady* 正點出了此要義。

▶ And this fall, a group of young blacks in Washington, D.C.,
will launch a *Playboy* look-alike called *Foxtrapper* (in black
slang, a "**fox**" is a beautiful, sensuous woman). ——
Newsweek, Jul. 17, 1972（接著，今年秋天，首府華盛頓的
一個黑人青年團體將創辦一份類似《花花公子》，取名為《獵
狐大師》的雜誌〔黑人俚語中，狐狸指的是美麗性感的女
人〕。）

Foxtrapper 在字面上，是指設陷阱、捕捉狐狸的獵人，事實上，
意指企圖「生擒活捉」美女的男人。

fresh butter on a steaming hot croissant　剛
塗在熱騰騰牛角麵包上的奶油

　　在剛出爐的牛角麵包上塗奶油時，奶油再怎麼冰凍，都
會馬上溶化流出。一傳十、十傳百的路邊消息就如同此情形
一樣。參照 butter。

▶ Bed & breakfasts survive mainly on word of mouth, and a
new establishment's opening spreads among innkeepers and
avid b & b-goers like **fresh butter on a steaming hot
croissant**.—— *The California Bed & Breakfast Book*, Kathy
Strong, East Woods Press, 1984（附早餐的小旅館主要靠口
碑支持，而新店家開幕的消息，在其他旅館業者和熱心的
支持者間傳播，有如剛塗在熱騰騰牛角麵包上的奶油一樣，

迅速擴散。）

熱騰騰的牛角麵包也經常出現在小旅館的早餐上。

from soup to nuts 從湯到堅果仁

西餐通常由第一道湯開始，最後則以堅果仁搭配餐後酒結束。給人一種從頭到尾、一貫作業的感覺。

▶ When Gates and Myhrvold created the unit in 1991, Microsoft was anything but the purveyor of **soup-to-nuts** software offerings we see today. —— *Fortune*, Jan., 1997（當蓋茲和邁阿弗爾德在 1991 年創立這部門時，微軟完全不像今日所見般是全套軟體的供應者。）

換言之，也等於 from A to Z（從 A 到 Z），或者 from one end to the other（從這頭到那頭），皆表「全部，自始至終」的意思。

fruit stand 水果攤

賣水果的攤販將色澤艷麗、新鮮的各種水果整齊地擺滿在攤位上，充滿朝氣活力地與顧客做生意。

▶ Houses were bought and sold with the grace and alacrity common to a **fruit stand**. —— *The CoEvolution Quarterly*, Spring, 1981（房屋的買賣輕鬆愉快，像在水果攤一樣。）

fruit stand 另外也意指用來盛放水果，置於餐桌或櫃台上，像洋酒杯的器皿，通常具有擺飾性用途。

Gary Cooper 賈利・古伯

內向、靜默、穩重，對女性溫柔，而在危急狀態時，也能發揮出真正實力的外柔內剛的男人——賈利・古伯，正是如此深具魅力的人物。他是好萊塢電影中造就出來的大英雄。

▶ But his friends like to believe his **Gary Cooper** modesty is a Western trait. —— *U.S. News & World Report*, Oct. 2, 1989
（不過，他的朋友很想相信，他有如賈利・古伯般的謙虛是西部人的特質。）

▶ Kalikow, he says, "is a **Gary Cooper** from Queens. He doesn't waste words. You can get a 'Yeah' or a 'Noh' out of him." ——*New York*, Jun. 12, 1989（他說，卡利高「是出身於紐約皇后區的賈利・古伯。一點也不多話，最多只聽得到他說『是』或者『不』。」）

和古伯相反的個性是外向、能說善道、積極開朗，但對女性卻非常粗暴，發生重要事情時也不知所措的男人。這種男人形象不禁讓人聯想起義大利的獨裁者墨索里尼，或許是受到卓別林電影的影響吧！

giant balloon animals in a Thanksgiving Day parade 感恩節遊行隊伍裡的巨大動物氣球

11 月第四個星期四的感恩節，是秋天慶賀豐收的日子，也是美國全家人團聚的日子。街道上會舉行遊行，每一次的遊行必定有大型動物造型的風箏或氣球登場。其中，梅西百貨公司主辦的曼哈頓花車遊行遠近馳名，每年一到這天，全國的各大電視臺照例會在新聞節目上報導現場實況。

▶The trouble is, both the film and the characters are as preposterously buoyant as the **giant balloon animals in a Thanksgiving Day parade**.── *Time*, Mar. 19, 1984（問題是，這影片本身和片中的人物角色都太過輕浮快活，有如感恩節遊行隊伍裡的動物氣球。）

例句中 buoyant 本身是個非常有趣的單字，由字首 buoy（浮標）造字產生。原為有浮力的意思，轉義後表示輕鬆快活的樣子。故以氣球作比喻，可說十分貼切。

gingerbread 薑餅

過去的薑餅總裝飾得很華麗，顯得有些俗氣，因而經常被用來比喻外表花俏、內在庸俗的事物。此外，有時也意指金錢。

▶She said that we'd go live in a **gingerbread** house in Philadelphia and be very happy. ── *Golden Girl*, Alanna Nash, Signet, 1988（她說我們應到費城，住在光鮮富麗的薑餅屋裡，過幸福快樂的日子。）

提到 ginger，讓人想起一種叫 ginger ale（薑汁汽水）的飲料，這飲料很甜；另外還有一種不那麼甜，含少量酒精成份的 ginger beer（薑汁啤酒），是雞尾酒不可或缺的材料。

glass ceiling　玻璃天花板

　　從透明玻璃做成的天花板底下往上看，根本看不出有天花板的存在，因而讓人有一種可以無止境地往上爬昇的錯覺。然而實際一爬，卻撞上那原以為不存在的玻璃天花板。此時，雖看得到天花板外的世界，自己卻再也無法爬上去，豈不令人憤恨。所剩的唯一辦法，就是打破這層玻璃，才能繼續前進。

　▶She didn't know there was a **glass ceiling**—a height to which women can go and no higher—and she crashed through it. —— *New York*, May 29, 1989（她對那層限制女性的玻璃天花板一無所知，而且一股腦兒地衝破了它。）

有人說全紐約市被一層厚厚的 glass wall（玻璃牆）封鎖，牆的對面有昂貴高價的商品琳瑯滿目地陳列著，有如一金碧輝煌的世界在眼前展開。渴求的人們垂涎地伸長雙手，卻被厚實的玻璃攔阻。有的人心想總有一天可以突破障礙而一試再試，而實際衝過這層玻璃牆的，只是屈指可數的少數人。其中，不知有多少辛酸甘甜的成功故事，不管對誰來說，箇中滋味嚐來都是一樣吧！

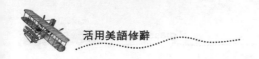

go from bootlegging to watch repair　從釀私酒
轉業為修理手錶

　　極力掩人耳目，背地裡偷釀私酒販賣、謀取暴利的黑道
行為，和孜孜不倦修理手錶的腳踏實地工作，這兩者之間可
說是雲泥之差（只是不知那個是「雲」，那個是「泥」罷了!），
是完全不同的世界。

The singer-songwriter once said that swinging from music to
acting was "like **going from bootlegging to watch re-
pair**." —— *Newsweek*, Mar. 6, 1989 （這位歌手兼詞曲家曾
經說過：「從音樂轉換到演戲，就好像是從釀私酒轉行為修
理手錶。」）

bootleg（私釀酒）一字的由來，乃因過去釀私酒的人會把酒
藏在腳上穿的長靴 (boots) 裡，藉著暈黃的月光在黑暗的深山
行走、偷運到別處之故。也因此，「私釀酒」向來也被稱為
moonshine。

goat　山羊

　　《聖經》中，山羊為邪惡的象徵，甚至被形容為惡魔的
化身。而背負人類的罪被放在野地裡的山羊，稱為 scapegoat
（贖罪山羊，代罪羔羊）。

▶"It seems cruel to me that you big boys should make
Winthrop the **goat** all the time." ——*The Rockefellers*, Peter
Collier and David Horowitz, Signet, 1976 （「你們這些大孩子
總叫溫卓普當惡人，真是太殘忍了。」）

▶"Everyone has their own choice of **goat** at Apple—Sculley, Michael Spindler, Amelio. Who do you think is most to blame for Apple's demise?"—— *Salon Magazine*, Nov. 12, 1997 (「史考利，邁可・史賓德拉，亞梅利歐，誰是蘋果公司的代罪羔羊？每個人都有自己的選擇。而你認為誰應該為蘋果公司的末日負最大責任呢？」)

一般常以綿羊和山羊作對比，如 the sheep and the goats (綿羊和山羊) 意謂「強者與弱者」、「優勝者和劣敗者」。當然，綿羊是代表既強且優的一方。

gold pocket watch carried on a chain　連著鏈子的金懷錶

　　從前的人身上帶著附有錶鍊 (watch guard) 的懷錶，想知道時間，就從口袋掏出來看。這種景象現在已不復見了。眾所周知，過去的懷錶多半以黃金打造而成，不但稀少，價值也昂貴。

▶I don't get five good, genuine, personal letters a year. The time is coming when the letter written with pen and ink and sent as a personal message from one person to another will be as much of a rarity as the **gold pocket watch carried on a chain**. It's a shame. —— *And More by Andy Rooney*, Andrew A. Rooney, Warner, 1982 (我收到的信件中，有閱讀價值、充滿真心、具個人風格的信，一年不到五封。以筆墨書寫、傳遞個人訊息的信件有如連著鏈子的懷錶般，在這個時代越來越少。真是令人遺憾。)

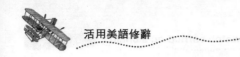

懷錶是過去男性的專屬品。一直到 20 世紀初，手錶 (wrist watch) 登上世界舞臺後，女性才開始配帶錶，也因此，當時佩帶手錶的男性會被認為有些女性化。

Golden Gate Park in the spring　春天的金門公園

舊金山是一個以多霧聞名的都市，全年只有春天不起霧。而晴朗、無霧的舊金山金門公園，想必是一幅燦爛耀眼的風景畫。

▶ The tall, bespectacled U.S. attorney, by contrast, walked out of the courtroom last week looking sunnier than **Golden Gate Park in the spring**.── *Newsweek*, Mar. 29, 1976

（相較之下，上週，身材高大、戴著眼鏡的聯邦檢察官，以一種比金門公園的春天更燦爛耀眼的神情，走出了法庭。）

這種比喻法對美國西岸的人來說，應較為熟悉貼切吧！若將此句變換成 Central Park in the spring，對於紐約人而言，則代表著寒冬盡、春天來臨、人們歡欣洋溢的情景吧！

granny flat　老奶奶套房

買了房子，還需每月付大筆房貸的無奈生活，不是只有我們才有的情形。在高離婚率的美國，不管男女哪一方和配偶分開後，縱使房子歸為自己的名下，但生活開銷加上每月房貸也會形成重擔，若再增添兒女的教育費用，則更難負荷。因此，有人會在後院搭建一個屋子或增設房間出租，以賺取租金貼補家用。俗稱這類屋子為「老奶奶套房」的原因，在

於為了能繼續住在自己生活多年的老家，或增建屋子，或在原屋增設房間出租以貼補生活費用者，大多數為老年人的緣故。

另一方面，入居此種「老奶奶套房」的，也以年老的人居多。因為對於必須扶養年老父母的人而言，讓父母住進這類房屋，一來較為安心，二來也比老人院的費用便宜許多。

從 granny 較為通俗易懂的用字中，也帶有一種「沒辦法，搭了個老奶奶套房作補貼」而稍帶自我解嘲之意。

▶ But there is no evidence that **granny flats** reduce property values or cause neighborhoods to deteriorate, and some signs indicate that home prices may even rise to reflect the opportunity for rental income. —— *Utne Reader*, Mar./Apr., 1994（然而，不但沒有任何證據顯示「老奶奶套房」降低房地產價值，或者導致社區環境水準惡化；反而一些徵兆更顯示出，房價可能因收取房租的機會增加而上漲。）

這類附屬原屋外的屋子或房間，正式稱為 accessory flat (apartment)。另外，還有 granny knot（祖母結）也以 granny 來造詞，用來形容就好像是老奶奶綁的結一樣，指的是不牢固、容易解開的逆結。看到 granny 一字，總令我在矇矓之間，彷彿見到昔日三代同堂、祖孫共同生活的景象。

grape　葡萄

葡萄是釀酒的原料。在自動化生產的今日雖已不復見，但在過去，穿著長靴腳踏如山堆的葡萄，將葡萄汁從果肉壓擠出來的過程，可是製酒的第一道程序哩！

▶He told *Fortune* magazine last year that the car project's success depended in large part on GM's goodwill. "If they wanted to," he said, "they could crush me like a **grape**."—— *Newsweek*, Aug. 15, 1977（去年他告訴《財富》雜誌說，那項汽車計畫的成功，是因多方仰賴通用汽車公司的好意，並說：「他們如果想要，大可像擠葡萄汁般將我搗碎。」

wine 有時也說成 the juice of the grape（葡萄「汁」）。

gravestone　基碑

寒氣凍人的墓地裡,基碑好像把周圍的冷風全吸進一般,格外冰冷，讓人直打寒顫。

▶"I thought you made a price," Bob is as calm as a **gravestone**. "Five hundred a head." —— *Continental Drift*, Russell Banks, Ballantine, 1985（「我以為你已有個價碼，」鮑伯像墓碑般冷靜、無表情地說著。「一個人五百。」）

瞬間突然襲來的寒氣稱為 grave chill（墓地的惡寒）。

graveyard shift　墓地的值勤時間

從前有很多工作 24 小時的工廠，這些工廠通常為三班制。從午夜零時開始的晚班時段，由於四周一片死寂，只有幽靈們忙著進出的墓地才會熱鬧非凡，所以，一般人戲稱「晚班」為「墓地時間」。現代社會，這段時間的「活躍人物」非在黑夜中仍生龍活虎捉拿罪犯的警察莫屬。

▶For police officers on the **graveyard shift** in Philadelphia, each day can be a blur of confusion, fatigue and malaise. —— *Psychology Today*, Jun., 1988（對於在費城值夜班的警察而言，每天可說都在困惑、疲憊和不愉快中度過。）

預告某人死期將近時，有一種令人毛骨悚然的說法，為 grave-yard cough（墓地的咳嗽）。

green　綠色

　　green 一字，從森林的濃綠、蘋果的鮮綠 (apple-green)，到帶有鬼魂幽靈氣息的陰綠等等，可讓人聯想的空間甚廣。

▶The table was covered with a slippery, forest-**green** tablecloth: behind it stood a slippery bill collector named Steven Hoffenberg. —— *New York*, Feb. 28, 1994（桌上鋪著一張光滑、深綠色的桌巾，桌子後面站著一個滑溜、不可靠，名叫史帝文·霍芬柏格的收帳員。）

▶Outside, the fire-red, gas-blue, ghost-**green** signs shone smokily through the tranquil rain. It was late afternoon and the streets were in movement; the bistros gleamed. —— *Babylon Revisited*, F. Scott Fitzgerald, 1930（外面，火般的赤紅、瓦斯般的青藍，和幽靈般的陰綠交織成的霓虹看板，在寧靜的雨中迷濛地閃爍。接近傍晚時分，街道上開始有了生氣，小酒吧的燈火閃耀其中。）

不過，green 對美國人而言，直覺的反應應該會是綠油油的美

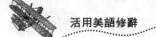

鈔吧! 由紙面的顏色，一般通稱美鈔為 greenback (綠背)，有時甚至單以 green 就足以表達。

green salad　青菜沙拉

所謂 green salad，主要都是些萵苣葉，食來清淡無味，葉片嚼來乾澀，可以說毫無半點「綠色」蔬菜的魅力。

▶ "Funny," he said, "I used your picture to illustrate the fact that movies are like **green salads**, they wilt fast." ——*Gloria and Joe*, Axel Madsen, Berkley, 1988 (「真有趣，」他說道，「我用你的照片來說明電影就像青菜沙拉，很快就令人乏味的事實。」)

若不想品嘗「沙拉的憂鬱」，建議你來一客 chef's salad (主廚沙拉)，其中包含蔬菜、火腿、水煮蛋等各種食物的營養，只要點此一樣，就足以飽餐一頓。

Halley's comet　哈雷彗星

　　最明亮的哈雷彗星，是最早被認定以固定週期接近地球的彗星。大約每 76 年才出現一次的哈雷彗星，在 1986 年的蒞臨曾造成相當大的話題。一般推算，下次要到 2061 年，哈雷才會再度造訪地球。可以說幾乎是人一輩子才看得到一次哈雷，真可說是人生中最美麗的「偶遇」。

　　▶ Though the deputy chief had never set foot in the canyons and had been seen around Southern substation about as often as **Halley's comet**, ... —— *Lines and Shadows*, Joseph Wambaugh, Bantam, 1984（副局長從沒親自到過峽谷，在南部分局出現的次數幾乎微乎其微、少之又少……）

例句中 as often as Halley's comet 直譯的話為「和哈雷彗星一樣多次」，在此是反諷的用法。同樣地，若說某人 as wise as a donkey（像驢一樣聰明），也是藉反諷的手法表達「愚蠢」之意。參照 hold as much water as a leaky bathtub。

hammer　鐵鎚

　　鐵鎚給人的印象多為堅固、有力；而英文的 hammer，則

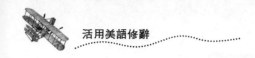

有「冥頑不靈」之意。

▶ In my bed I thought of the brutal leathery hands of Junior Allen. Behind the agreeable grin he was as uncompromising as a **hammer**. —— *The Deep Blue Good-by*, John D. MacDonald, Fawcett, 1964（在床上，我想起小亞倫那雙強勁有力的手，在他可親的笑容底下隱藏著毫不讓步的固執。）

hammerhead 有時指冥頑不靈的傢伙，有時也指「大笨蛋」。此外，黑人有時以 hammer 稱呼「性感的女性」，不知是否因為她們「厲害」。

hang by a thread　以細線懸吊

thread 是比毛線更細的線，被如此纖細的線垂吊，可真叫人提心弔膽。正是成語「千鈞一髮」之意。

▶ The *Los Angeles Times* says the bill is **hanging "by a thread"** on the eve of the House vote. —— *Slate Magazine*, Nov. 27, 1997（《洛杉磯時報》報導說，這個法案在眾議院投票之前，可謂僅有「一縷」的希望。）

以線織布，布可成衣。因此，複數形 threads 指的是「衣服」。

harp　豎琴

豎琴的音調雖然優美，聽久了之後，不免令人感到好像老是重複彈奏相同的音。

▶ "The Dinkins people have strong connections with the

Gore camp, and they're playing them like a **harp**." ── *New York*, Jul. 31, 1988 (「丁金斯相關一行人和高爾陣營緊密結合，對於那件事的說法始終是陳腔濫調。」)

harp on the same string (以同一條弦彈奏豎琴)，同為「一再重複相同的事，老調重彈」之意。

head-in-the-sand　頭埋沙中

　　一股腦兒把頭栽在沙裡，當然什麼也看不到。若以這種方式處理眼前的現實問題，則是拒絕向困難挑戰的消極人生觀。

　　▶ Objective facts—whose existence is denied by the **head-in-the-sand** school of Michel Foucault—are the only answer to propaganda. ── *Salon Magazine*, Oct. 25, 1997 (客觀事實的存在性雖為米契爾‧傅柯的現實迴避學派所否定，但卻是對於教條宣傳的唯一答案。)

這是從原來的句型 bury one's head in the sand (把頭埋在沙中) 變化而來，在此，head-in-the-sand 被當作形容詞使用。

　　▶ Or they may continue to **keep their heads stuck in the ground** and gradually fade into irrelevance and oblivion. ── *Hot Wired*, Dec. 22, 1997 (或者，他們可以繼續逃避現實，而慢慢被冷落、被遺忘。)

keep one's head stuck in the ground (把頭栽入地面) 也是由原句型變化後的結果。

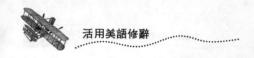

hell 地獄

地獄之火熊熊燃燒。既是地獄，當然熾熱非比尋常。這把火即稱 hellfire（地獄之火，喻地獄之苦難）。

▶ It happened last August on a Sunday that Jim Little remembers was as "hot as **hell**." —— *New York*, Apr. 9, 1990

（這是去年夏天，在吉姆‧里特的記憶裡「熾熱如地獄」般的某個星期日所發生的一件事。）

如例句的炎熱日子，我們會用「大臭熱天」表達，但英語中卻沒有所謂 hot as shit（如糞般臭熱）的比喻。不過，倒是有 hot shit，是個極端複雜、曖昧的說法，表面上讓人感覺是頭腦好、性感有魅力的意思，實際上卻只用於諷刺，即「那傢伙看來 hot shit，實際上……」以推翻原有的意思。

hide an elephant under a postage stamp 郵票底下藏大象

就算是魔術大師也不可能把大象藏在郵票底下，意謂難之又難的事。然而，世界上竟還有比這更難上幾十倍的事發生了。

▶ Such is the ability of Detroit to keep things under the industry hat that the health of the nation's largest automobile division can be hidden not only from the general public but from the financial community as well. It is easier to **hide an elephant under a postage stamp.** —— *Esquire*, Jun. 19,

1979（底特律有極大的能力讓所有事物成為業界機密。能力之大，不但可以對一般大眾隱瞞全國最大汽車部門的營運狀態，甚至連金融體系都被瞞天過海。相較之下，在郵票底下藏大象真是不費吹灰之力般地簡單。）

elephant（象）給人一種大得非比尋常的強烈印象；elephant's eyebrows（大象的睫毛）指的即是「厲害的傢伙」。真人真事改編的電影「象人」中，由容貌異常的主角 Elephant Man（象人）的名字，也可以窺探出全貌。

hired gun　被雇用的槍

　　正確來說，並非槍被雇用，而是以持槍、開槍作為賺錢手段的人被雇用。但對於雇主而言，才不管是什麼人拿槍為他賣命，他最關心的是槍本身是否能按照命令、達到發射子彈的目的。

▶ "But while I have some sympathy for tobacco farmers, the ones I have the most problem with are the **hired guns** who stood for the public health and the public interest and now are on the other side."——　*The New York Times*, Dec. 20, 1997
（「我多少為菸農感到同情，但是，最大的問題在於這些原本站在公共衛生和大眾利益立場的人，如今卻站在對立的一方。」）

更具體地來說，以殺人為目的、受人雇用的人，另有 hit man（打手）或 hired killer（受雇殺手）等更露骨的說法。此外，hit man 中的 hit 一字原為黑社會用語。

history of the world　世界史

悠久漫長的歷史中，雖有著令人歡欣的瞬息片刻，但若立於大半充滿屈辱和悲涼氣息的「史觀」來看……。

▶ Her eyes are as large as plates and they are as sad as the **history of the world**.── *The New York Times Magazine*, Apr. 3, 1977 （她睜大的雙眼有如世界史般，充滿哀傷。）

the history of the world 應該對不同的民族有著不同的意義吧！the history of African-Americans （美國黑人的歷史），the history of Native Americans （美國印第安人的歷史），或者 the history of the Arabs （阿拉伯人的歷史），甚至 the history of the Jews （猶太人的歷史），若一一從各範疇來看世界的話，所謂的「世界史」就沒有一套定論了，這點也可以說是「悲哀」的源由。

hit a brick wall　撞上磚牆

這和我們形容前方去路被障礙阻擋時所說的「碰壁」意思相同。

▶ *The Washington Post* is more pessimistic, saying that pro forces have "**hit a brick wall** in their attempts to muster the votes."── *Slate Magazine*, Nov. 9, 1997 （《華盛頓郵報》較為悲觀地認為，贊成派「收集票源的意圖，觸上暗礁。」）

類似的用法中，hit the bricks （敲磚）較常用，其中含有「進行罷工；釋放出獄」以及「在大街上行走」之意。這種比喻

源自於工廠牆壁、監獄圍牆和過去的步道都是由磚頭做成的緣故。

hit the nail　打釘

說話正中要點，有如鐵鎚命中釘頭，打個正著。

▶ *The New York Times* **hits the nail** a little more squarely: "Tentative Accord is Reached to Cut Greenhouse Gases." ──*Slate Magazine*, Dec. 12, 1997（《紐約時報》比較正確地說到重點──「削減溫室廢氣量，以達成基本共識。」）

也可用 hit the nail on the head（打在釘頭上），及 hit the nail dead center（打釘子的正中央），意思更為明顯易懂，皆「正中要害，一針見血，說得中肯」之意。

hold as much water as a leaky bathtub　如破澡盆裝很多的水

和 97 頁上 as often as Halley's comet（和哈雷彗星一樣多次）的比喻一樣，破澡盆裡裝水基本上就很矛盾。因此，這裡意指不合情理的事物。

▶ "Thompson's a champion at being against everything──and his suit will **hold** about **as much water as a leaky bathtub**," he snorted at the weekend.──*Newsweek*, Dec. 4, 1967（週末，他嗤之以鼻地說：「湯普森是個強辯大王，只是為反對而反對。而他的訴求根本就不合邏輯，前後矛盾。」）

由於 hold water 一定用於反面意義，故只要聽到此語，腦海

中即可浮現漏水的畫面。

hornet　大黃蜂

　　大黃蜂和蜜蜂不同,非常具有攻擊性,且刺有劇毒。若惹怒大黃蜂,後果真是不堪設想。

▶The *Women's Wear Daily* correspondent said she had been promised exclusive photos of the command post, but when she got there *People* magazine had beaten her to it. She was mad as a **hornet** and said *Women's Wear Daily* might never cover a Marine landing again.──*Laid Back in Washington*, Art Buchwald, Berkley, 1981 (《女性每日服飾》雜誌的女記者說,有一次她曾被允諾拍攝戰地指揮所的獨家照片,而當她抵達時,卻早已被《時人》雜誌捷足先登。她現場發狂地怒吼說,《女性每日服飾》雜誌將永不刊載海軍登陸的任何報導。)

美國空軍的 F/A18 型戰鬥機,暱稱大黃蜂,正有期待此軍機能如大黃蜂般,把敵人打得落花流水之意。

hornet's nest　黃蜂巢

　　從前項 hornet 可清楚得知大黃蜂的可怕。當人膽敢戳動黃蜂巢,後果一定不堪想像,因為黃蜂必會傾巢而出,叮得人滿頭包。若有人傻到真的捅的話,就是所謂「自找麻煩,惹禍上身」了。

▶She says Burke argued that the *Review* was getting into a

"**hornet's nest**."——*New York*, Mar. 19, 1990 (她說巴克
主張《評論》雜誌是在惹禍上身。)

所以 stir up a hornet's nest (戳動黃蜂巢，捅了馬蜂窩) 為絕
對之禁忌，正是用來比喻「惹了大麻煩」之意。

horse trading　　馬市交易

　　眾所周知，馬市是最需要討價還價的地方。如何不被中
看不中用的馬欺騙，如何以賤價買入良馬等，這些問題在買
方與賣方間一來一往的拉鋸戰可如烈火熾熱地展開。政治界
也和馬市的情形相同吧!

▶That is an odd, even disingenuous attitude for a man who
spent ten years in Congress, where, clearly, part of being ef-
fective is learning the art of **horse trading**.——*New York*,
Feb. 26, 1979 (以一個待在國會達十年之久的人來說，那態
度實在令人不解，甚至不夠誠實。想在國會立足，明顯地，
必須懂得交際謀略的藝術。)

另外，horsetrader (馬販) 指的是「善於交際手腕、施展策略
的人」。

hot potato　　熱騰騰的馬鈴薯

　　熱呼呼的馬鈴薯用來形容處理困難、讓人頭痛不知如何
是好的事。如同我們常說的成語「燙手山芋」，比喻棘手的問
題。

▶Illegal aliens crossing the Rio Grande: A **hot potato**

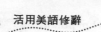
headache for Campaign '84.——*Newsweek*, May 14, 1984
（偷渡格蘭河的非法入境者——是84年總統選戰中，最令
人頭痛的難題之一。）

另外，drop like a hot potato（像燙手馬鈴薯般掉落）則是指「事
態危急」。

house painter who touches up a Picasso 在
畢卡索畫上添加一筆的油漆匠

庸俗的油漆匠突然靈機一動，在畢卡索的畫上添加一筆，
此舉非但輕率，更是對天才的冒瀆。

▶During Rockefeller's campaign once, when a Kissinger po-
sition paper was sent to other advisers for discussion, the be-
spectacled scholar grumped to Rocky, "Do you ask a **house
painter to touch up a Picasso**?"——*Newsweek*, Dec.
16, 1968（洛克斐勒曾一度在選舉活動期間，將收錄所有季
辛吉見解的報告發送給其他顧問人員，要他們進行討論。
當時，這位戴眼鏡的學者不滿地對洛克斐勒說：「你是要一
個油漆匠在畢卡索的作品上揮上幾筆嗎？」）

本例中，是季辛吉把自己比作畢卡索了。另外，a paperback
writer who rewrites a Hemingway（要無名作家重寫大文豪海
明威的鉅作）的意思也相同。

IBM　國際商業機器公司

　　過去稱霸個人電腦資訊產業的 IBM，因其經營手法特重效率，而在眾多企業中顯得格外出類拔萃。

　　▶Although the marketplace may seem chaotic to an untrained eye, it is run as efficiently as **IBM**.——*Times*, Apr. 11, 1983
　　（在不明就裡的人看來，市場似乎極為混亂、無秩序，而事實上，其營運卻有如 IBM 一般高效率。）

如今，IBM 的名聲不若以往響亮，此種說法相信不久之後，將不再符合時代潮流。若在 as efficient as 之後附加 Disney 或 Sony 等企業名稱的話，應該不會有人反對吧!

ice　冰

　　文字所表現的情境不僅反映出作家豐富的精神世界，也吸引讀者同享作家部分天馬行空的豐富想像。下面例句的作者，不知是見到何物而聯想到冰，兩者之間所產生的「連鎖」關係，可真叫人心裡有些發毛。

　　▶All three wear starched snow-white pants and white shirts

with metal snaps down one side and white shoes polished like **ice**, and the shoes have red rubber soles silent as mice up and down the hall.——*One Flew over the Cuckoo's Nest*, Ken Kesey, Signet, 1962（三人身上全都穿著上過漿的雪白長褲，白色襯衫的一邊有著一排金屬暗鈕，白色鞋子擦得光亮如冰，而鞋子因附有紅色橡皮鞋底，所以在大廳上走來走去也無聲無息。）

從磨光的鞋子到冰，再從橡皮鞋底無聲地在大廳行走的光景，讓人不禁想起鼠輩的行徑。請參照 mouse。

ice on a cake　蛋糕上的白色糖衣

　　對愛好蛋糕的人來說，就算只吃不加任何東西的海綿蛋糕，也覺得好吃，若再以糖衣裝飾的話，會更美味、更令人讚不絕口。

▶In most cases we're attracted to a man before we see his penis. By then it's like **icing on a cake**—a delectable addition to something we already like.——*GQ*, Feb., 1984（我們大多是在看到男人的陰莖之前，就已被他吸引。等到「那時」，就有如蛋糕加上糖衣一般——在喜歡的東西上，外加個意外的小驚喜。）

▶To add **icing to the cake**, the man asked if he could have the honor of buying me dinner at his favorite Chinatown restaurant.——*New York*, Aug. 20, 1990（僅僅如此就已經夠開心了，而這男人竟還問我，他是否有榮幸請我到他最喜歡的中國餐館吃飯。）

飛機的機翼或螺旋槳上所附著的冰，也叫 icing（結冰）。

iceberg　冰山

　　冰山上沒有一點溫暖，不小心撞上的話，只有像鐵達尼號一樣沈沒海底。

　▶ "The people were absolutely aghast that she went from being this amazingly concerned person to this **iceberg**."——
Golden Girl, Alanna Nash, Signet, 1988（「原本是那麼善解人意的她，卻突然變得如此冷漠，真讓所有人驚愕不已。」）

而 the tip of an iceberg（冰山一角）的水面下，看不見的巨大部分才最令人感到恐怖。

iceberg in the tropics　熱帶冰山

　　再怎麼想看也看不到；就算有，充其量只是幻影；即使真的存在於現實世界裡，如此的奇景畢竟也是少得可見。

▶In Movieland, a fresh idea is as unusual as an **iceberg in the tropics**.——*West Coast Review of Books*, Mar., 1978 （在好萊塢，新鮮的點子就有如熱帶冰山般珍貴。）

同理，應可說 a palm tree in the Arctic（北極的椰子樹）吧！

if someone pulls a radish out of the ground, it can be smelled half a mile away 若有人拔起地上的蘿蔔，打從半哩外就會聞到

碧藍無雲的晴空、一望無際的蘿蔔田，此時若從土中拔起蘿蔔，味道馬上就會撲鼻而來，深深地吸一口，多麼新鮮的空氣呀！

▶The air in the Territories is so clear that **if someone pulls a radish out of the ground, it can be smelled half a mile away**.——*Time*, Nov. 5, 1984 （邊境的空氣是如此清新，如果有人拔起地上的蘿蔔，那味道在半哩外，都還可聞得到。）

同樣地，欲表現四周一片死寂時，可說成 if someone drops a pin on the floor, it can be heard half a mile away（若有人掉根針到地上，在半哩外都聽得到）。

infant 嬰幼兒

幼小的孩子一般都不愛聽話，老愛唱反調。父母說東，他們偏往西；父母講西，他們就偏向東，想要制止，就有如火上加油一般，更加不可收拾。總覺得成年男子的身體裡，

似乎總附著幼兒的部分特質，而必須與其共同走完一生。

▶In spite of a man's defenses, his penis, like an **infant**, is forthcoming in its immediate and involuntary expression of what it feels, be it desire, exhaustion or even distaste.——*GQ*, Feb., 1984（儘管男人如何辯解，他的陰莖就好像嬰兒，以直接的反應表達「它」的感覺：欲望、疲憊，甚或嫌惡。）

在英國，一直到上小學以前的小孩都仍可叫 infant，但在美國，infant 幾乎就和 baby 一字同義，還真是難以區分。

iron marshmallow　鐵的棉花糖

蓬鬆柔軟的棉花糖，可以用來形容年輕女性豐滿的胸部。試想，用鐵皮包裹的棉花糖可以形容什麼呢？

▶"We are like **iron marshmallows**. We may look hard on the outside, but we're soft inside. And we hurt a lot. That is why street kids do drugs—to get away from the pain."——*USA Today*, May 19, 1989（「人就像鐵皮包裹的棉花糖。外表看來雖然堅硬，內心卻柔軟無比。我們也極易受傷。這也就是為何街頭流浪兒們吸毒的原因——逃避痛苦。」）

可以發現到 iron marshmallow 的發音中，有類似 iron man（鐵人，韌性強的人）的音。

jelly bean　豆形軟糖

呈細長豆形的軟糖，有時可以用來比喻手槍的子彈。不禁讓人浮現起，手捉大把子彈喀啦喀啦玩弄的情景。把具殺傷力的子彈當作豆形軟糖的背後，多少可看出美國人過度浮濫的「槍砲觀」。

▶ Outside behind the inn, a dozen Mississippi state highway patrolmen are clustered around the trunk of a car, joking and passing out bullets like **jelly beans** as they draw a day's supply of ammunition.──*Time*, Jun. 26, 1978 （這家旅館的後門外面，有十二位密西西比州的公路警察正圍繞著一輛車子的行李箱，說說笑笑地拿出一天份的子彈，像發糖果一樣分配。）

jelly bean 亦隱喻「幼稚，蠢貨」，是老出差錯，不足以讓人認真對待的傢伙。聽說以前的美國總統雷根 (Ronald Reagan) 是出名地愛吃 jelly bean。

Jew taking money from a Nazi to plant a tree in Israel　用納粹的錢在耶路撒冷種樹的猶太人

迫害猶太人的納粹黨員為猶太人恨之入骨的敵人。因此，天下沒有比要猶太人拿納粹的錢在聖地耶路撒冷種樹更愚蠢的事。

▶"We understand why some feminist groups take Playboy money," Matusinka added, "but we encourage women not to. It's as absurd as a **Jew taking money from a Nazi to plant a tree in Israel**. It's hush money—a bribe."——*Ms.*, Jun., 1983 （「我們了解為何有些女性主義團體接受花花公子財團的贊助，」邁茲辛卡並接著說，「不過，我們勸女性們不要接受。因為這就像拿納粹的錢在耶路撒冷種樹的猶太人一般，愚蠢之至。這是以錢收買，要人住嘴，也就是賄賂。」）

Japanese top executives giving money to a "sokaiya" to earn his favor（企圖用錢討好股東會上惡霸的日本企業幹部），其愚蠢程度也和此例不相上下。

judge　法官

法官的責任在於聽取辯方與檢察官雙方的說詞後，下公平公正的判決。因此，法官往往被要求必須冷靜、沈著。

▶Since my early days as a newsie I have always regarded the expression "sober as a **judge**" about as contiguous with reality as the statement that "honesty is the best policy."——*The Fearless Spectator*, Charles McCabe, Chronicle Books, 1970

（從我還是個報童起，就打從心底認為「像法官一樣沈著

冷靜」的表現幾乎和「誠實為上策」這句話相同，非常接近現實。）

以此類推，應可說 determined as a prosecutor（和檢察官一樣堅決果斷），aggressive as a trial lawyer（和法庭辯護律師一樣具攻擊性）吧！

keep the engine running at full throttle 引擎全開

引擎全開後，汽車、火車都被迫必須全速前進，不容許有任何的怠慢。

▶The current bipartisan consensus is that all we need to do here in America is **keep the engine running at full throttle** and encourage other nations, China included, to do likewise.──*Examiner*, Nov. 9, 1997 （美國在此必須全力加速前進，同時促使中國在內的其他國家跟進。在此點上，最近共和、民主兩黨意見一致。）

throttle 為引擎裡的節汽閥。打開節汽閥 (open the throttle) 則能「增加速度」。

kick tires 踢輪胎

到汽車經銷店看車的客人中，純「觀光」的人或許比專程買車的人多吧！這些人頂多在店裡晃一晃，只問價不買車，然後好比踢踢車子輪胎後就回家了。

▶This will mean that retailers will need to have statistical data, multiuse options, and detailed manufacturing information readily available when clients come to "**kick tires**."——*Millennium Approaches*, Dennis E. Hensley, Avon, 1998（這將意味，當顧客來店參觀時，零售業者必須準備統計資料、多樣化的選擇和有關商品的詳細資訊以供顧客所需。）

因此，只看不買的純參觀客，即稱為 tire-kicker。

kingpin　保齡球 5 號瓶

保齡球十支球瓶以倒三角形排列，中央的一支 5 號瓶為「國王瓶」(kingpin)，其他九支球瓶則隨侍周圍，一同正對打球的人。由此 5 號瓶引申為「領導、首領」之意，而因球瓶和球員之間有如一種對峙狀態，故經常也被比喻為結黨滋生事端的中心人物。

▶It is not surprising that the United States wants to get tough on the drug **kingpins** of the Golden Triangle, that corner of Burma, Thailand and Laos that produces most of the world's heroin.——*Asiaweek*, May 11, 1990（全世界大部分的海洛英是由緬甸、泰國、寮國邊境的金三角所生產，因此，美國希望嚴厲取締此地毒販一舉並不讓人吃驚。）

本例中，金三角 (golden triangle) 和保齡球球瓶的三角陣形相互呼應對照，可看出作者深思熟慮使用 kingpin 字眼的手法著實高明。

kite　風箏

正如 higher than a kite（比風箏還高）的說法，經常被用來比喻往上攀昇到極高處之意，不過，卻也暗示著必須藉助某種超乎尋常的力量才能爬到高處。

▶She went over and got shot up with some kind of painkiller. She was absolutely high as a **kite**.——*Golden Girl*, Alanna Nash, Signet, 1988 （因被注射某種鎮痛劑，使得她在出門時，情緒亢奮到最高點。）

fly a kite（放風箏）和常說的「放觀測氣球」的意思相同，皆意味著經由媒體傳播各種情報和主張，以揣測輿論動向與趨勢，即「試探輿論」之意。就和風箏一樣，人們也經常被「假」輿論的不實之風所玩弄。

Kleenex　可麗舒面紙

專有名詞、面紙廠牌名的 Kleenex，現在不僅成為面紙的代名詞，更被用來形容毫無任何污點、乾淨潔白的人格。

▶"Myself, I'm cleaner than **Kleenex**. I abide by all the rules and regulations."——*New York*, Dec. 12, 1977（「我自己比可麗舒面紙還乾淨。規規矩矩地遵循各項條文規定。」）

Kleenex 的名稱由來，不消說，乃由 clean 一字變化所得的新造字，字首之所以用 K 取代 C，一來是為了加強印象，另外也可能是製造公司名為 Kimberly Clark（金百利‧克拉克）之故。

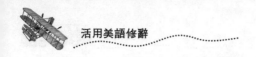

knife and fork　刀子和叉子

不管到哪裡，刀子和叉子總是成套出現。因兩者缺一不可，故不用 a knife and a fork，而將 knife and fork 視為一整體，正確用法為 a knife and fork。

▶In Europe, where bottled water is as ubiquitous as a **knife and fork**, the attraction is largely the minerals in the water. ——*New York*, May 9, 1988（在歐洲，瓶裝水之所以那麼普遍，主要在於水中含有礦物成份的魅力。）

play a good knife and fork（好好地玩刀叉遊戲）也是給人印象深刻的說法，讓人眼前不禁浮現銀色刀叉處處揮舞的景象。實際上，這是用來形容「酒足飯飽，飽食一餐」之意。

lace curtain　蕾絲窗簾

　　雖然現在多以機器編織蕾絲，但手編蕾絲的手藝依然留存。蕾絲一般頂多用於手帕或衣服，若連窗簾都以蕾絲編製的話，實可視之為相當富裕人家的證明。

▶ The city's early Celtic population was very **lace-curtain** merchants and professionals and capable craftsmen.── *Ethnic New York*, Mark Leeds, Passport Books, 1991（這城市的早期塞爾特居民多為富裕商賈、專業人士和技藝高超的工藝師傅。）

另外，所謂的 the iron curtain（鐵幕＝前蘇聯的勢力範圍）雖已隨著前蘇聯的瓦解而消失，the bamboo curtain（竹幕＝中國勢力範圍）卻與日擴張。curtain 的種類還真可說形形色色、五花八門。

lamb　羔羊

　　羔羊為馴服順從的象徵。因此，即使不特意說 as meek as a lamb（像羔羊般順從），只用 like a lamb（像羔羊）就足以表達同樣的意思。

▶Finally, Donna slapped her hard across the face. She got meek as a **lamb**.——*Golden Girl*, Alanna Nash, Signet, 1988（最後，唐娜狠狠地賞了她一個耳光。她馬上變得像羔羊般溫順。）

《聖經》上說人類為 Lamb of God（神的羔羊），必須唯唯諾諾地聽從神的旨意。

launder　洗濯

在此所洗濯的，並不是衣服或運動鞋，而是洗錢。把海外的銀行等金融機構當作「洗衣機」，經過幾度淘洗後，原本「藏污納垢」的髒錢就可漂白為「全新、乾淨」的錢。

▶Carey was barred, say the papers, because he misused his power by tolerating and engaging in various **laundering** schemes to funnel money from his union's general fund to his own election effort.——*Slate Magazine*, Nov. 17, 1997（各大報紙說，凱利之所以被捕是因為他濫用權利，默許或從事各種暗渡陳倉的工作，企圖輸通工會的基金到自己的選舉活動上。）

另外，走私毒品者也經常 money laundering（洗錢）。

leave no bush unbeaten　打遍所有灌木叢

打草或許會驚蛇，然而不打遍灌木叢又怕會有所疏漏，找不到要找的東西，即意謂「徹底搜索，全面清查」。

▶**Leaving no bush unbeaten** in its quest for talent, the Nixon Administration-to-be began last week sending letters to 66,000 persons listed in Who's Who in America asking them to recommend "exceptional individuals" for government jobs.
——*Newsweek*, Dec. 16, 1968 (「廣招賢才」——即將成立的尼克森政權，開始於上週寄發六萬六千封信函給美國名人錄上的每位知名人士，請求他們為政府的各項工作舉薦「傑出英才」。)

這是比 beat around the bush（參照 p.19）更進一步強調的說法。bush 一字隱含有窮鄉僻壤之意，故暗示著再怎麼偏遠的鄉下都鍥而不捨地搜尋。請參照 sneak through the bushes。

leave no footprints in the sand 在沙灘上不留任何腳印

1950 年代尾聲，歌手 Pat Boone（白潘）唱過一首名為 "Love Letter in the Sand"（沙灘上的情書）的歌，歌詞內一封即刻消失的信，正暗示著戀情的短暫，也透露出連痕跡都不留的絕望情境。

▶ "It was as though she wasn't here. She **left no footprints in the sand**." ——*Golden Girl*, Alanna Nash, Signet, 1988（「連個痕跡都不留下，簡直有如她從不曾在此過。」）

沙有如美國版圓寂世界的象徵，例如 The sands are running out.（沙快漏光了）的句子，正像沙漏上的沙快漏完般，人也將「壽終正寢」。

leftover mustard　殘餘的芥末醬

mustard 本身的顏色還不至於給人壞的印象，然而，若是吃完熱狗、香腸後，殘留在盤子上乾巴巴的芥末醬，就會給人污穢、噁心的感受。

▶ 'This place is too much,' I said, and it was. It was gaudy and faded and the colour of **leftover mustard**.──*Los Angeles Without a Map*, Richard Rayner, Paladin, 1988（「這裡太噁心了！」我說道，而事實上也是如此。不但俗氣，還褪色成殘餘的芥末般漬黃。）

近來，一種叫 mustard gas（芥子瓦斯）的毒害性化學物質舉世聞名，使得芥末色的形象更壞了。

lemon　檸檬

對東方人來說，大熱天裡的檸檬會帶來清爽宜人的愉快感受，而英語卻從不同的角度來思考，著重在檸檬帶酸味的性質，故檸檬成為窮酸破爛之物的象徵。

▶ 'Come to think of it, they did have one car grabbed last year but it was abandoned two miles away. The owner said even a crook could tell it was a **lemon**.'── *The Anastasia Syndrome and other stories*, Mary Higgins Clark, Arrow, 1990（「試著想想吧，去年他們的車子被人偷走，然後被棄置在二哩外的事。車主甚至自己說，連偷車賊也知道那是輛破車。」）

另外，有人由形狀聯想到手榴彈。再怎麼說，都和一般人想像檸檬色的清新感覺相距甚遠。

lily　百合

代表著純白、無邪、潔淨無瑕。不過，有時卻摻雜著批判社會的揶揄、諷刺的情感在內。

▶The end came in August at the Democratic National Convention when party regulars elected to seat the **lily**-white Mississippi delegation rather than the challenge delegation that had grown out of the summer campaign.——*Freedom Summer*, Doug McAdam, Oxford Univ. Press, 1988（8 月的民主黨大會，在忠黨人士決定投票讓象徵純白的密西西比代表團取得席次，而非夏季選舉中形成的反對代表團後，宣告結束。）

▶I was thinking "**lily**," because that's my polite mother taught my sister to call her privates.——*Utne Reader*, Jul./ Aug., 1991（我想起「百合」一語，是因為我那優雅的母親教我妹妹如此稱呼自己的私處。）

lily-white 一詞在美國為種族歧視的用語。一些禁止黑人進入的社交俱樂部和運動設施區，常被說成 lily-white（純白如百合）。

little box　小箱子

什麼樣的小箱子可以裝滿無數雜七雜八的玩具，像是具有神奇魔法的箱子呢？原來指的是小孩、大人都愛看的電視。

在此比喻中，洋溢著孩童屏氣凝神、純真地期待即將出現未知事物的無限好奇心。電視的祕密想必也是隱藏在發光畫面背後的魔法小箱子裡。

▶In the last four weeks of the campaign Hatcher was given wide exposure on the **little box** as he pressed his charge that he was being victimized by election frauds.——*Newsweek*, Nov. 20, 1967（選戰的最後四個禮拜，哈丘控告說自己是如何成為選舉的犧牲品，而多方曝光在螢光幕上。）

如今，電視魔法小箱的神秘性似乎已被後來登場的個人電腦剝奪，電腦不僅能放在桌上或膝上，還愈來愈可「隨身穿戴」(wearable)，而不再局限於「箱子」的刻板印象。

little fly in a bowl of milk　一大碗牛奶裡的小蒼蠅

掉落到白色牛奶裡的黑色蒼蠅，可以用來形容獨自置身於白人之間的黑人，其存在顯得渺小、無奈。

▶The syndicate boys once invited him to a meeting downtown at which he was the only blackman. "I looked like a **little fly in a bowl of milk** ," he once told me.—— *Esquire*, Dec., 1972（幫派的流氓曾一度邀他加入市中心的聚會，而他是唯一的黑人。他對我說過：「我就像一大碗牛奶裡的小蒼蠅般渺小、無可奈何。」）

milk 亦有指白人代表選手之意，另外，as white as milk（像牛奶一樣白）也是「純白」之意。請參照 lily。

little voyager　小小航海家

母親肚裡的胎兒有如小小的航海家，勇敢地航渡汪洋大海而來到人世。

▶She would soon be going away again, Roy said–he knew more about such things than John. John had observed his mother closely, seeing no swelling yet, but his father had prayed one morning for the '**little voyager** soon to be among them,' and so John knew that Roy spoke the truth.── *Go Tell It on the Mountain*, James Baldwin, Penguin, 1954（「媽媽很快又要再去了。」洛伊說。對這種事，他知道得比約翰多。約翰仔細觀察過母親，她的肚子雖還看不出任何隆起的跡象，但是，有一天早上，父親曾經為「即將加入他們的小小航海家」祈禱，所以他知道洛伊所說為真。）

朝著無垠的太陽系邊際航行的無人探測機，也叫 Voyager（航海家）。

locust　蝗蟲

蝗蟲一到某特定季節，就會成群地大舉來襲，然後在瞬間消失。由於是損壞農作物的「害蟲」，故用於比喻時，絕不帶任何正面意義。

▶"In the early parts of the last few years, companies with new bottled waters have come in like **locusts**–by the end of the summer about 90 percent are gone."──*New York*, May 9, 1988（「過去二、三年間，總會有許多新的瓶裝水公司在

125

年初時如蝗蟲般大舉進入市場，不過，到了每年夏末，大約會消失 90%。」）

《聖經》裡有一段描述田地被蝗蟲大舉侵襲的記載，由此，locust years（蝗害歲月）意指「窮苦連年的苦難歲月」。

long arm　長手臂

惯用的說法為 the long arm of the law（法律的長手臂），表示司法或警察的力量巨大無邊，罪犯極難從其脫逃，意喻著「法律的強大力量」。因此，只要聽到「長手臂」，大概可想像事態不妙了。

▶He had, in his own words, "a police record as **long** as your **arm**" for picket-line brawls.——*The Teamsters*, Steven Brill, Pocket, 1978（他曾自己說過，為了衝破警戒線，「我在警方留下的不良記錄多得和你的手臂一樣長。」）

簡單地說，arm 本身意味著「權力」；另外，雖不常使用，有時也稱警察為 arm。

long boat ride　漫長船旅

張帆出航後不再復返的船，其漫長的海上之旅所抵達的地方，竟是黃泉。

▶"And if she doesn't shut her goddam mouth she is going to take a **long boat ride**."——*Newsweek*, Mar. 14, 1988（「而且，她若不閉上烏鴉嘴，我就送她上黃泉。」）

形容人彼此命運與共時，會用 in the same boat（同在一條船上）。boat 是彼此相互扶持、同甘共苦的地方。不過，卻沒有「吳越同舟」那種原為敵我而後友好的關係存在。

maggot in one's head　腦袋裡的蛆蟲

　　「腦袋裡湧出蛆蟲」的說法，給人的感覺好像腦袋瓜沒用而腐爛掉一般，令人噁心。不過，在此的蛆蟲象徵的是「突發的靈感、點子」，具有相當積極正面的意涵。

▶ The question most frequently asked of me, as a columnist writing five times a week, is where I get all the ideas for the work. This isn't the hard thing. Being Irish and garrulous, notions seem like **maggots in my head**.── *The Fearless Spectator*, Charles McCabe, Chronicle Books, 1970 （身為一

週寫五次專欄的作家，我最常被詢問的問題是，我從哪兒
得到工作的靈感。對我這個愛說話的愛爾蘭人而言，實非
什麼困難的事。無數的想法會有如蛆蟲般，經常在我腦子
裡湧動。）

若被突發靈感的蛆蟲咬的話，即 when the maggot bites，則表
示「興致突來」之意。

magnolia　木蓮花

木蓮花花大、色白，多見於美國南部，以高貴美麗聞名，
可用來形容性感的 southern belle（南方美人）。

▶Clothilde was dark-haired with flawless skin, dead white
like a **magnolia**.── *Zelda*, Nancy Milford, Avon, 1970（克
勞蒂有著深色的秀髮，以及如木蓮花一般純白而完美無瑕
的肌膚。）

位於南部的密西西比州暱稱為 Magnolia State。另外，木蓮花
的白色也多少帶有「白人最優秀」的含意在內。參照 lily, little
fly in a bowl of milk。

mahogany　桃花心木，紅木

帶紅褐色的桃花心木不僅在色澤上，連木質之堅硬度也
為人所熟悉。從 with one's knees under the mahogany（把膝蓋
伸入桃花心木底下）意味「就座餐桌前」的比喻，可看出桃
花心木從過去即廣泛用於製作餐桌，也可得知一般人對此種
木材的熟悉程度。

▶A white-haired, **mahogany**-tan gent with a cigar came along the aisle and sat down behind us and put his arms up on the back of our row of seats. "You see it, don't you, Rig?" he said instantly in a deep, **mahogany**-colored voice. —— *Season Ticket*, Roger Angell, Ballantine, 1988（一位白髮、膚色如桃花心木般紅褐的老紳士，叼著一根雪茄從通道走來，在我們後面坐下，並把手臂攔在我們這排的椅背上。「喂！看到了吧！理格。」他馬上以一種低沈、桃花心木膚色底下所發出的聲音，如此說道。）

值得留意的是，此例中膚色和聲音的「顏色」，再加上雪茄，皆以單一的深褐色描繪出紳士的形象。

Mandarin dialogue　北京話

有句著名的成語，It's Greek to me.（我完全聽不懂），字面意思為「這對我來說，是希臘語」，說明對艱深難懂的言論，因為聽不懂，所以聽起來有如別國語言，即「鴨子聽雷，不知所云」。在以歐洲為中心的地區，人們想像力所及的外國至多也只延伸到希臘。如今，視野擴大到整個世界，在形容「艱深難懂」的事物時，竟從希臘語變成北京話了。

▶Every religion is a different language that, to those outside it, makes as little sense as **Mandarin dialogue** or Cyrillic characters do to me. ——*Time*, Apr. 7, 1997（任何宗教對外圍的人而言，就像北京話或西里爾字母之於我一般，幾乎是完全聽不懂的外國語言。）

例句中的 Cyrillic characters（西里爾字母）為古代斯拉夫語的文字，也是現代俄語之起源。

marble　大理石

比起大理石豪華、燦爛、輝煌的外表，其冷酷如冰的觸感更令人印象深刻。

▶He noticed that Eva was now as calm as **marble**. ——*The Outsider*, Richard Wright, Perennial, 1953（他注意到伊娃已完全平靜下來。）

a heart of marble（大理石之心）即意喻「冷酷的心」。

May-December marriage　5 月配 12 月的婚姻

若以季節月份比喻人的一生，5 月讓人感到夏天的熱情，是絕佳的季節（May 的語意中，也代表青春）；相對地，12 月則象徵風燭殘年。由此得知，5 月和 12 月的配對為「老少配」之意。

▶In a **May-December** (or at least May-July) **marriage**, there are often differences in values and an imbalance in the power structure (a nontraditional imbalance, if the wife is older). —— *Human Behavior*, Sep., 1976（在 5 月配 12 月〔或者至少 5 月配 7 月〕的老少配婚姻中，通常存在著價值觀的不同和權力結構的不平衡〔老妻少夫的情況則為違反傳統的不平衡〕。）

由於一般多為老夫少妻的情形，故在本例中，特以括弧為老

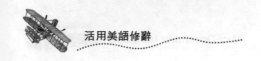

妻少夫的情況作解釋。

▶ Over an astounding next several days, papers were full of the raunchy details of the sizzling **December-May romance**.── *New York Post*, Dec. 24, 1997（連續幾天，各大報紙爭相以大篇幅，報導這對老少配火熱戀情的聳動新聞，詳細描述兩人的性愛故事。）

在此例中，月份的次序顛倒為 December-May，由於是有關 62 歲的伍迪‧艾倫和 27 歲的女性結婚的消息，為了尊重年長的伍迪‧艾倫，所以將 December 往前調。

meatballs and spaghetti　絞肉丸子和義大利麵

在一條條細管子狀彎曲、扭成一團的義大利麵上，淋上有絞肉丸子的番茄醬，這可以用來形容什麼異樣的景象呢？

▶ "Man, that guy wasn't nothing but **meatballs and spaghetti** when the subway got through with him," the man went on. ── *The Outsider*, Richard Wright, Perennial, 1953（「哦！那傢伙被地下鐵輾過時，轉眼只變成一堆肉醬，什麼都分不清，」這男人繼續說道。）

被人毆打過後腫脹的臉稱為 meatball，這原為囚犯用語，故多少仍承續著一股陰暗的氣息。

mezzanine　夾層樓面，樓中樓

人類通常生活在地面上。因此，若以建築物來打比方，人類可說都住在一樓；死時，才被搬運到二樓。不過，偶爾

一些建築物有樓中樓的設計。這種既非一樓，亦非二樓的半樓層裡，到底「居住」著什麼樣的人呢？

▶ We had mentioned that "a coma is like being on the **mezzanine**: You are not on the second floor yet, but you have a whole different perspective of the first floor."── *The Co-Evolution Quarterly*, Winter, 1983（我們先前提過：「昏迷狀態有如人在半樓層中。你還沒上到二樓，卻也和在一樓時的感覺完全不同。」）

在英國的舞臺劇用語中，mezzanine 是指舞臺下面，和例句中的用法、意義完全不同。

measured step of a priest　神父的方正步伐

　　神父等神職人員通常給人一種慢步徐行、步伐規矩方正的印象。因此，由走路的樣子就可區別出不同於一般人。

▶ He continued on his way in the Paris sunshine, strolling with the **measured step of a priest**, and then I noticed the truly remarkable feature of this scene: There was not a camera or a notepad in sight.── *The New York Times*, Aug. 27, 1997（在巴黎的陽光下，他繼續以一種有如神父般規矩的步伐前行，此時此景，我察覺到其中真實顯著的特徵──視野中沒有一臺照相機或筆記本。）

在美國，high priest（高僧）通常是指 native Americans（美國印第安人）族群中，行宗教儀式的主祭者。

milk and cookie 牛奶和餅乾

對孩子而言，一杯牛奶配幾塊餅乾是最典型的點心。

▶ A lot of adults grew up in a slide-rule world and still reject computers. But computers are as natural to kids as **milk and cookies**.—— *Time*, May 3, 1982（許多在計算尺的世界中長大的成人，至今仍排斥電腦。然而，電腦對於孩子，就和點心時間的牛奶和餅乾一樣，是習以為常的東西。）

換作 milk and water（牛奶和水）的話，情況可就完全不同，指的是摻水的牛奶，意謂多愁善感，或者枯燥無味的話題。

millstone around the neck 掛在脖子上的石磨

若將背負在肩上的重擔改為掛在脖子上的話，想必會覺得更加沈重，恐怕承擔不起吧！此成語出自《聖經・馬太福音》第 18 章第 6 節。

▶ Crack's corruption of children is becoming, in the Bible's phrase, a "**millstone around the neck**" of American society.—— *Time*, May 9, 1988（古柯鹼對青少年的墮落，借用《聖經》上的句子，正成為美國社會的「脖上重磨」。）

此外，例句中的 crack 屬於古柯鹼的一種，是晶粒狀、劣質的興奮劑。

mix gasoline into a forest fire 在森林大火上潑灑汽油

火上加油乃千萬不可之大忌。在熊熊燃燒的森林大火上

潑汽油，將帶來什麼樣的嚴重後果，大家可想而知。

▶ "I think he's got the makings of a first-class President. But he's a Democrat, and the Democrats are the party of inflation. Mixing Carter and a Democratic Congress may be like **mixing gasoline in a forest fire**." ——*Newsweek*, Jul. 26, 1976 (「我認為卡特確實具有第一流總統的特質。但因他屬於民主黨，而民主黨又是造成通貨膨脹的政黨。卡特加上民主黨支配的國會，簡直就像在森林大火上潑灑汽油一般，只會使災情更加慘重。」)

在美國稱汽油為 gasoline，英國則稱 petrol。因此，美國的加油站為 gas station，在英國則是 petrol station。

moonbeam　月光

夜晚的月光 moonbeam， 正好和白晝的陽光 sunbeam 成對比，其神秘、妖邪之中，隱藏著一股深不可測的力量。

▶ He earned the tag "Governor **Moonbeam**" from the late Chicago newspaper columnist Mike Royko for his affinity for Eastern mysticism, back-to-basics liberalism and such proposals as having California launch its own satellite. ——*The San Francisco Chronicle*, Oct. 29, 1997 (由於他對東方神秘主義的傾心，回歸自由主義之根本的主張，以及加州應發射自己衛星的提案，皆被已故的加州日報專欄作家麥克‧洛可貼上「月光州長」的封號。)

同為月光，beam 帶有明顯的光線、光束之意，而 moonshine

的 shine 則為暈黃的光輝，兩者之間的語感稍不相同。

morning glory　牽牛花

　　帶著朝露在清晨綻放的牽牛花，其意象可以用來形容初次踏入花花世界、眼界全開的年輕人明亮的雙眼。

▶In the 1930s Wright embraced the interracial promise of the Communist Party. With eyes as round and open and wet as **morning-glories**, he made the first real emotional commitment of his life.── *Time*, May 30, 1977（在 1930 年代，萊特信守不分種族、人人平等的共產黨信條。當時他睜大溼潤、明亮的雙眼，首度發現可以投注一生熱情的對象。）

又「政壇新秀」稱為 morning-glory statesman（牽牛花政治家）。

mosquito　蚊子

　　雖然煩人的蒼蠅到處惹人討厭，但嗡嗡作響的蚊子在人的周圍死纏活纏的程度也不在其下。然而，蚊子較不如蒼蠅般受人「青睞」，總之，人們大多不把「一隻小小的蚊子」當一回事。

▶Even if he does succeed, though, De Lorean is well aware that he will be but an annoying **mosquito** to the corpus that is General Motors. ──*Esquire*, Jun. 19, 1979（但是，狄·羅烈安深知，即使他成功，自己對通用汽車本身而言，只不過是隻小小的、煩人的蚊子罷了。）

▶Fines like this one are no more bothersome to Gates or his

company than **mosquitoes** on an elephant's behind, even if
he does end up paying them after years of ferocious litigation.
——*Hot Wired*, Oct. 28, 1997 （就算打了幾年火熱的官司
後，仍被判處罰金，這對蓋茲或者他的公司而言，也只不
過如大象屁股上的小蚊子一般，無關痛癢。）

後例中，on an elephant's behind（大象的屁股上）和 mosquito
（蚊子）形成了一種強烈的大小對比的畫面。另外，前後二
例很有趣地，皆是巨大企業加上蚊子的組合表現。以一弱小
的個體想挑戰勢力龐大的跨國企業，其心態簡直有如唐吉訶
德式的天真。

mosquito cough　蚊子的咳嗽

　　雖然無從得知蚊子是否會咳嗽，但若真的會咳，其咳嗽
聲想必相當小吧！想像蚊子咳嗽的模樣，不禁令人莞爾。

▶I got some opium from that fellow. I took a cab back up to
my apartment and I smoked it. My gun was ready if I heard a

mosquito cough.——*The Autobiography of Malcolm X*, Penguin, 1964（我從那男人那兒拿到些許鴉片。搭上一部計程車回到家後，抽了它。只要聽到如蚊子咳嗽般的風吹草動聲，我就準備開槍。）

想必不可能有蚊子喝的止咳藥（cough medicine）。蚊子可要自求多福，保重身體了。

mouse　老鼠

　　爛醉如泥一般說為 as drunk as a mouse（像老鼠一樣酒醉）。另外，老鼠有時也被用來形容躡手躡腳走路、靜悄悄的樣子。

▶An old man wrapped in greasy blankets and newspapers is curled like a **mouse** in one of the dark doorways. His feet rest on a pile of empty liquor bottles. ——*Nooks and Crannies*, David Yeadon, Scribner's, 1979（全身包裹著油膩骯髒的毛毯和報紙的老人，像老鼠般蜷縮在陰暗的門口，雙腳抬放在成堆的空酒瓶上。）

上例描述老人因爛醉而酣睡的情形。此「老鼠」的用法中，並沒有惡意，反倒有一絲溫柔的關注之情。

▶Her eyes were wide, startled; she sat quiet as a **mouse**. ——"Gretchen's Forty Winks," F. Scott Fitzgerald, 1924（她吃驚地睜大雙眼，像老鼠般靜坐不動。）

前後二例對老鼠的印象皆不局限於在籠子裡轉來轉去的動

物，似乎這小動物比在東方更受美國人喜愛。參照 ice。

mule　騾子

　　背上承載重物的騾子，順從不抱怨地翻山越嶺為人搬運，所扛的東西，有時是糧食，有時可能是金塊。不過，現代最重要的「貨品」除了毒品外，不作他想。「貨品」也不再由騾子擔負，而改由人代替運送，人正扮演著和騾子相同的角色。

　　▶ *The Los Angeles Times* goes with the latest changes in the operations of the Colombian drug cartels, which nowadays do business with the Russian mafia, and avoid giving a big cut to Mexican distributors by relying more on "**mules**" coming directly to the U.S. and less on Mexican ships. ——*Slate Magazine*, Nov. 17, 1997 (《洛杉磯時報》報導了哥倫比亞毒品組織其近來活動的變化。根據報導，現在他們和蘇俄的犯罪組織聯手，企圖大量削減墨西哥販毒業者的分配量，逐步將毒品交由「騾子」直運美國，而漸漸不再仰賴墨西哥船。）

其實，稱呼「毒品走私犯」為 mule 乃 1950 年代以後的事，並非現在才開始。

mushroom　蘑菇

　　據說，蘑菇總在人出乎意料的地方突然露臉。然而，若出現的地點不是森林，而在大都市的道路上時，只得如下面的例句般遭遇不幸，然後被當作毒菇隨意丟棄了。

　　▶ In the callous lingo of the drug trade, they are shrugged off

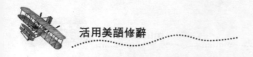
as "**mushrooms**": the hapless bystanders who pop up in the cross fire of a dealers' shoot-out, only to become statistics in the U.S. murder count. ——*Newsweek*, Jan. 16, 1989（在無情的販毒世界的暗語中，他們被稱為「蘑菇」，輕而易舉就被解決。總之，突然出現在毒販之間槍戰的不幸旁觀者，充其量也只是增添美國的殺人統計數字而已。）

▶ The slain children are called **mushrooms** in street lingo— as vulnerable as plants underfoot. ——*Time*, Aug. 20, 1990（街頭俚語中，稱被殺死的孩子為「蘑菇」，有如任人踐踏的蘑菇一般，易受傷害。）

mushroom 和麻藥本身關係極深。 一種由小仙人掌 peyote 製成的毒鹼，為美國印第安人向來愛用的麻藥，可以使人產生豐富的幻覺， 另因形狀類似蘑菇， 故愛用者暱稱為 mushroom。

nail   釘子

象徵強壯、堅固，並無善惡、好壞的意義之分。

▶ Yet there are contradictions aplenty in this fragile-looking, intense woman, who's capable at one moment of seeming utterly defenseless and the next as tough as **nails**. —— *Newsweek*, Nov. 6, 1989（這個緊張的女人看似脆弱，其實充滿許多矛盾，有時乍看之下似乎毫無防備，卻能在下一秒的瞬間變得堅韌頑強。）

as hard as nails 可喻人的性格「無血無淚、冷酷無情的」；as right as nails 則為「筆直的，正確的」之意。

nail in the coffin   棺上打釘

正如所謂「別做像在棺材上打釘」的事，若把事情逼到絕境，毫無轉圜的餘地，就只會成為致命傷而促人提早結束生命罷了。

▶ "The economy was headed toward a recession before Iraq invaded Kuwait," says Allen Sinai, chief economist for the consulting firm Boston Company Economic Advisors. "The invasion was just the **nail in the coffin**." ——*Time*, Oct. 15, 1990（「在伊拉克入侵科威特前，經濟即已呈現衰退現象，」波士頓經濟企業顧問公司經濟研究部主任亞倫・希奈說道，「侵略的行動只是加速了經濟的全面瓦解。」）

coffin nail（棺材的釘子）是指「香菸」，正有每吸一根菸就更接近死亡一步之意。

needle on a warped LP　扭曲的唱片上的唱針

在扭曲的唱片上放唱針時，將會發生什麼事情呢？破碎的聲響不但令人不悅，而且還讓人提心弔膽，擔心唱針不知何時會彈跳出來。

▶As profit-making ventures, tiny record companies are sometimes as shaky as a **needle on a warped LP**.——*Time*, Mar. 11, 1985（作為利潤生產事業，小規模唱片公司有時就像扭曲的唱片上的唱針，晃盪幅度之大，令人膽戰心驚。）

在 CD 已全面取代唱片的今日，此用法已日益少見，想必在不久的將來，這樣的用法及意義都會消失吧！

nest egg　留窩蛋

人們將長時間儲存的「寶物」，像母雞小心翼翼地孵蛋般細心地照顧、珍藏。可以用來比喻人們珍惜的錢，特別是指「儲蓄的本金，不時之需的準備金」之意。

▶Motel operation attracted many whose former businesses had collapsed but who had hung onto small **nest eggs**.──*American Heritage*, Jun./Jul., 1982（汽車旅館的經營，吸引許多先前曾經經商失敗，卻仍留有些許老本的人。）

掏出囊袋裡的「留窩蛋」投注於新事業，等於是將僅有的本錢都下了注，若能因此生出 golden eggs（金雞蛋，即發財賺大錢）的話，將是令人欣喜若狂的事。

new kid on the block　新環境裡的小孩

　　剛搬到陌生市鎮的孩子，沒有人願意和他玩。當地的孩子雖好奇地從遠處觀看，卻遲遲不願靠近，有時甚至還對他惡作劇。在大人的世界也一樣，初臨某業界的新加入者，同樣得面臨創業維艱的局面。而且，愈是有力的企業在加入某新行業領域時，將愈面臨其他競爭同業的強烈猜忌與提防。

▶Media companies, of course, have decades of experience and a reputation for integrity to protect. Microsoft, as a **new kid on the block**, has no journalistic reputation yet, either good or bad. ──*Slate Magazine*, Dec. 25, 1997（當然，媒體各大公司有著數十年的經驗和必須保護的完整聲譽。而由於微軟公司是以業界新人之姿崛起，所以尚未有任何正面或負面的新聞評價產生。）

block 本意指木塊，或是金屬塊、石塊等。另外，呈棋盤狀的市區上，因被四方道路圍繞而呈四角方磚形狀的區域，也稱為 block（街區）。

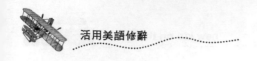

new penny　新便士

一般人相信，若撿到通稱 penny 的 1 分錢硬幣時，會帶來好運。若又是全新硬幣的話，想必未來更加光輝燦爛吧！

▶Looking somewhat older than her 55 years, operating with the energy of someone half her age, as shiny with curiosity as a **new penny**, ...── *McCall's*, Oct., 1983（她看起來雖比實際年齡 55 歲老一些，卻有著一半年紀的旺盛精力，而活躍的好奇心有如新便士般耀眼。）

此外，這幸福銅板不僅會掉在腳下，有時還會從天而降，如 pennies from heaven（天上掉下來的便士），即指「天上飛來的好運氣，意料不到的好運」。參照 penny。

newly minted coin　新鑄的銅板

類似前項 new penny 的用法，全新硬幣帶來的視覺效果可謂相當震撼。和美語的說法對照之下，我們通常會說「白花花的鈔票」，似乎紙幣對我們較具吸引力。

▶They were the golden couple, shiny as **newly minted coins**. ──*Time*, Feb. 26, 1990（他們二人有如燦爛耀眼的新鑄銅幣般，是對「黃金夫妻」。）

現在說到 coin，都是指硬幣、銅板，不過，在以前的 coin 可是代表「金錢」的通稱。

next page   下一頁

有如閱讀推理小說時，一心只想看後面情節的發展而滿心期待「下一頁」即將來臨的高潮，根本無法靜下心來好好欣賞眼前閱讀的「這一頁」。

▶ "She always had trouble enjoying the moment," as Lonnie Reed would say. "She was always living on the **next page**."
——*Golden Girl*, Alanna Nash, Signet, 1988（如隆尼‧黎德所說，「她總是無法享受現在，老是生活在對未來的期待中。」）

高潮迭起、令人迫不及待地想繼續翻頁往下看的小說，稱為 page-turner，即「引人入勝的小說」。

99¢ steak   一客 99 分錢的牛排

謎題為不到 1 塊美金的牛排，答案竟是馬拉松選手?! 想要解謎，須留意關鍵在於 tough 一字。

▶ She is also tougher than a **99¢ steak**.—— *The San Francisco Chronicle*, Jul. 10, 1989（她比一客 99 分錢的牛排更棘手。）

在此例句中，牛排物質性的 tough（硬的，堅韌的）和人類精神性的 tough（強韌的，不屈不撓的）之意一語雙關。參照 nail。

the nose on one's face   鼻子長在臉上

沒有什麼比「鼻子長在臉上」的事實更顯而易懂。

▶"And then on top of that I have to hear it on the radio that Fiona's getting married, when it's plain as **the nose on your face** she and Jesse still love each other." ——*Breathing Lessons*, Anne Tyler, Berkley, 1988（「除此之外，我還從收音機上聽到菲歐娜將要結婚的消息。但無庸置疑地，她和傑西兩人仍彼此相愛。」）

以此類推，似乎也可以造出 nails on your fingers（指甲長在手指上）、fish in the sea（魚在海裡）、olive in your martini（橄欖在馬丁尼酒裡）等詞語。參照 Babe Ruth was a baseball player。

novitiate　見習修士、修女

　　佛教寺院門前的小沙彌在誦讀不求甚解的經文時，有時會顯得一副了不起的模樣；而基督教的新進見習修士及修女則顯得較為溫馴恭敬。

▶Twenty-four of us, hushed and tense as **novitiates** waiting for the pope in the Sistine Chapel, sat crowded in a small classroom in the middle of Arizona cow country. ——*Esquire*, Feb., 1981（我們一行 24 人，有如在〔羅馬教宗西克斯圖斯的〕西斯汀禮拜堂前等待教宗蒞臨的見習修士、修女般靜默、緊張，擁擠地坐在亞歷桑納牧牛場正中央的一間小小的教室裡。）

▶"Yes," Shirley said shyly. Now that she was half-naked, she was playing a **novitiate** nun at a cloister in the mountains

of Switzerland. ——*Lullaby*, Ed McBain, Avon, 1989 (「是
的，」雪莉害羞地說。半裸的她扮演著像瑞士山中修道院裡
的見習修女般，沈靜覷覬。)

此單字有時也用來指「修道期間」，近來則轉變為「囚犯的假
釋期」之意，也就是指回歸社會的適應期。

nugget 金塊

19 世紀的淘金熱讓美國人大作發財夢，到處尋找耀眼奪
目的金塊。其後歷經一百多年的今天，金塊依舊燦爛外，另
有一樣東西被人們視如金塊般地追求，那就是資訊。

▶Panning for those data **nuggets** amid a rush of unorgan-
ized electronic text is the next big challenge for computer
software developers. ——*Business Week*, Jun. 18, 1990（如何
從紛亂的電子文件中淘撿出珍貴的資料，是電腦軟體開發
業者接下來的一大挑戰。）

本例句的關鍵在於開頭的 panning（淘洗）一字，源於淘洗沙
金用的平底鍋 pan， 並且同時使人對 nuggets 的印象更加鮮
明。

nuts and bolts 螺絲帽和螺絲釘

在工業社會的時代，緊密結合的螺絲帽和螺絲釘，乃為
連接一切事物的基礎。

▶Rodale books are **nuts-and-bolts** consumer magazines,
very detailed on the issues they cover.——*New York*, May 10,

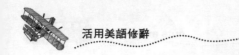

1982（羅戴爾的書是所有消費者雜誌的根本，針對所刊載的主題報導得極為詳細。）

▶ But Louise's improvident promise gave him a tangible **nuts-and-bolts** issue for the closing days of the campaign. ——*Newsweek*, Nov. 20, 1967（然而，路易士信口開河的承諾，在選戰的最後幾天，提供了對手一個基本而明確的議題。）

參照 DNA。

old cake　老蛋糕

剛烤出來的蛋糕帶些濕氣，香噴噴地令人垂涎。不過，出爐時間愈久，水份消失愈多，最後變得乾燥、鬆垮而無彈性。

▶ Hopkin's reliability began to crumble like **old cake** when he told me about the case of the decade, if not the century, which is the subject of his next book.——*Psychology Today*, Mar., 1994（當霍普金斯告訴我，他下一本書的主題將與本世紀或與 10 年來最重大的事件有關後，我對他的信任感就像失去水分的蛋糕一樣，開始分崩、瓦解。）

cake 一字另有「年輕性感的女性」之意，而這當然也源自於蛋糕「剛出爐」時的印象。

old hat　舊帽子

老舊的帽子趕不上流行，也趕不上時代。

▶ This much of the story is **old hat** to ecologists; but what follows is not.——*The CoEvolution Quarterly*, Winter, 1983

（這樣的故事對生態學家而言，已是老掉牙的話題，不過，接下來就不同了。）

除了「帽子」、「蛋糕」之外，「老婆」可說 my old lady，「老公」則為 my old man。

old slipper　舊拖鞋

穿久後變形、縫線迸開、露出內裡的脫鞋，正象徵著疲憊、瀕臨崩潰的生活。

▶"Life, anyway, had become as worn and threadbare as an **old slipper**, we hardly spoke to each other, except perhaps for simple things like 'The supper is ready' or 'Do you want salad?' Nothing else." ——*Jericho*, Dirk Bogarde, Penguin, 1992（「總而言之，生命已變得像一隻磨損、斷了線的老舊拖鞋，除了一些簡單的句子如『晚餐準備好了』或『要不要沙拉?』之外，我們極少和對方談話。」）

穿在雙腳的拖鞋照理說應為一雙 slippers，然而，在例句中卻只以單數的 slipper 出現，由此間接地描述夫妻之間，彼此已不再認同對方存在的絕望心情。

one-arm joint　單手餐廳，廉價餐廳

在此 arm 是指椅子的扶手，通常椅子的左、右兩邊各有扶手。而廉價餐廳裡的椅子，卻只有右邊扶手且表面略寬，在餐盤端來後，還可直接放在上面，將扶手當餐桌使用，故可引申為簡便廉價的餐廳之意。

▶It turns out that the job is not for Judge Goldfobber personally, but for a client of his, and who is this client but Mr. Jabez Tuesday, the rich millionaire, who owns the Tuesday string of **one-arm joints** where many citizens go for food and wait on themselves. —— *On Broadway*, Damon Runyon, Picador, 1977（結果發現，工作不是給高爾德佛伯法官本人，而是給他的委託人。這位委託人乃億萬富翁傑貝茲‧丘斯戴先生，也就是大多數市民經常去的廉價自助餐廳 Tuesday 連鎖店的大老闆。）

另有 one-arm(ed) bandit（獨臂搶匪）的比喻用法，意指吃角子老虎的遊戲機。名稱的由來不是來自單手拉霸的動作，而是來自機器上單邊把手被聯想為單隻手臂的緣故。只要想像這些獨臂機器在賭場裡不斷吞食賭客的錢，猶如搶匪掠奪過路行人的財物，就能領會這個名稱的妙趣。

OX　牛，閹牛

　　為誇示新建的一道牆有多堅固時，會以 ox-proof（比牛強）來形容，強調就算公牛衝撞過來，也不會有所動搖。也可從此得知，牛是強健的象徵。而不被病魔打倒、意志堅強的人，不管是男是女，都有被稱為 ox 的權利。

▶A nurse told her she was lucky, she was strong as an **OX**. ——*Gloria and Joe*, Axel Madsen, Berkley, 1988（一位護士對她說：「妳很幸運，像牛一般強健。」）

ox 亦指閹牛。若想表達勇猛、粗暴蠻橫之意時，以 bull（公

牛）較為合適。鬥牛場裡的牛即稱 bull。

oyster shell　牡蠣殼

此詞彙並非用來形容如關閉的牡蠣殼般靜默不語，而是用來譬喻：如牡蠣殼表面滿佈皺摺。不過有趣的是，雖意在比喻多皺摺的表面，卻同時讓人聯想起沈默寡言的人。此比喻法真是妙在不言中。

▶The barman, an old gentleman with cheeks as wrinkled as an **oyster shell**, pours drinks mechanically without a word.

——*Nooks and Crannies*, David Yeadon, Scribner's, 1979

（酒吧侍者，一位像牡蠣殼般滿臉皺紋的老紳士，機械式地倒著酒，沈默不發一語。）

as dumb as an oyster 的說法毫無疑問地，就是指人「沈默寡言」。

pack one's bag　收拾包袱、行李

　　這和我們叫人「收拾包袱滾蛋」的說法語意相同，有異
曲同工之妙。

　　▶Clinton wants Freeh to **pack his bags** but can't say so be-
cause it would look Nixonian.──*Slate Magazine*, Dec. 17,
1997（柯林頓想叫佛利收拾包袱滾蛋，卻怕被當作尼克森
而遲遲無法說出口。）

pack 和 bag 二字皆和「解雇」之意有所關聯，如 send a person
packing（叫人打包滾蛋）, give a person the bag（遞給人背包），
都意味「解雇」。

pajamas on a clothesline during the April　windy season　4 月強風中掛在曬衣繩上的睡衣

　　看春風中衣架上隨風飄揚的衣服，是多麼令人感到輕鬆
愉悅的一幅景象呀！然而，實際上卻並非這麼單純……。

　　▶...so drunk that his lips were flapping like **pajamas on a
clothesline during the April windy season**, sat the old

patriarch himself, dying but not quite dead, and loving every minute of it. ——*Southwest Fiction*, edit. Max Apple, Bantam, 1974（他醉得嘴唇直抖，如 4 月強風裡曬衣繩上的睡衣，這老族長坐著享受死亡前的每一分秒片刻，直到死去。）

此句的關鍵字在於 windy。在此所吹的風並非春天的和風，而有暴露在風雨中之意，因此，就另一個層面來說，顫抖的雙唇或許正意味著無言與焦躁。

pancake 薄煎餅

軟趴趴的薄煎餅濕黏而不脆，讓人感覺不到任何活力。

▶ **Q.** Are exports dramatically better than they were earlier this year? **A.** The first quarter was as soggy as a **pancake**. In the second quarter things started moving.——*Newsweek*, Dec. 19, 1983（問：「和今年初比較，外銷是否有顯著的好轉跡象?」答：「第一季極為慘淡，但第二季已開始活絡。」）

不同的薄煎餅形狀也給人不同的聯想。對東方人而言，薄煎餅的扁平形狀最多只會讓人想起銅鑼燒或餅乾諸如此類的東西。而英文中的想像則天馬行空，甚至連垂直降落的飛機看起來也像扁平的薄煎餅。

▶ The land was as flat as a **pancake** as far as the eye could see. —— *The Basic Book of Synonyms and Antonyms*, Lawrence Urdang, Signet, 1985（視野所及之處，盡是一片低平的土地。）

▶ Moments later, everything went wrong: the huge Convair

880 jet, with 82 aboard, **pancaked** in an orchard a mile short of the runway—the airport's third jetliner crash in two years. ——*Newsweek*, Dec. 4, 1967 （數秒後，所有情況都不對勁了。乘載 82 人的巨大 880 客機，緊急平墜降落在跑道一英里外的果園裡——這是本機場兩年內第三次的噴射機墜機事故。）

park one's bicycle straight　停好腳踏車

　　連小孩子都能把腳踏車停得又直又好，故此語中含有「連這麼簡單、基本的事都做不好，還談做什麼大事」的語氣。

▶Wallace was not at his best that day. When he took out in his standard speech after those "pointy-headed intellectuals who can't **park their bicycles straight**," his voice cracked.——*Time*, May 29, 1972 （霍倫斯那天狀況不是頂佳，當他在那些「冬烘學者」之後做例行講話時，聲音都嘶啞了。）

例句中的 pointy-headed 也可說為 point-headed， 字面解釋為「尖頭」。源自於在學校表現不佳的學生會被戴上圓錐形的高帽，頭若尖的話正好適合配戴此帽，故有「愚蠢、笨蛋」之意。

party hat　舞會帽

　　為提高舞會的氣氛，需要舞會專用的三角錐帽。特別在一對一的舞會上，身上若少戴了這麼一頂「帽子」，可就無法玩得盡興。至於戴在怎樣的「頭」上則另當別論了。

▶After three long weeks, Biff finally got a girl to go home with him. In the heat of the moment, he realized he didn't have a **party hat**.——*Utne Reader*, Sep./Oct., 1991（經過三個禮拜之久，比佛總算成功地帶個女伴回家。而當氣氛正熱烈時，他卻發現自己沒帶保險套。）

從形狀看來，保險套就像紳士用的 bowler（圓頂硬禮帽），或許正是由此得到的靈感吧！

pawn　西洋棋裡的兵卒

pawn 相當於象棋裡的兵卒，作用不大，只被用來衝鋒陷陣，由於數目較多，所以即使失去也無關緊要。

▶Thrift was a **pawn** in a sophisticated black-market network that took the guns from Roberts Trading Post, via Thrift, to two middlemen near Greenville, to two other middlemen in North Carolina, onto a truck bound for a factory in Brooklyn, and from the factory to about a dozen street sellers in the Bronx.——*New York*, Apr. 8, 1974（在複雜嚴密的黑市聯絡網中，史利夫特只不過是個小卒。這聯絡網首先將羅伯茲郵購貿易的槍支藉由史利夫特傳給格林維爾附近的兩個中間人，再轉給北卡羅來納州的另兩個中間人，由卡車運送到布魯克林的工廠，最後由工廠轉交給布朗克斯區約十二個人的街頭小販。）

「當鋪」的英文是 pawnshop，在此的 pawn 有別於西洋棋兵卒的意思，而是來自 pawn 的原意「典當」。兩個意思都不怎

麼風光。

peaches-and-cream　桃子和奶油

　　長著細毛的桃子與潤滑如凝脂的奶油，通常被合用來形容女子的美麗肌膚。

▶Eventually Keith's blue eyes turned topaz, his skin rivaled the **peaches-and-cream** complexion lots of people said I had, though I didn't truly know since I wasn't given much to peering into our cracked and poorly reflecting mirror.——*Heaven*, V. C. Andrews, Pocket, 1985（最後基茲的藍眼轉為淡黃，皮膚變得如桃子和奶油般滑嫩、姣好，人們說像我的肌膚。由於我很少站在家中那面破損又模糊的鏡子前仔細觀察過，所以不確定他們所說的是否屬實。）

在形容女性的比喻中，peach 為相當受歡迎的用字，依情況的不同，可分別用以形容可愛少女、深具魅力的女人、多情女子等。

pencil　鉛筆

　　在看似不可能建築高樓的狹小土地上，高聳林立的高層建築很像「鉛筆高樓」。在英文中，鉛筆經常被用來形容纖細修長的事物。

▶Inside the Rivera Funeral Home on Bathgate Avenue in the Bronx, the well-dressed body of Chino DeJesue is lying in an open coffin, his hair, chin beard and the **pencil**-thin mustache

neatly combed.——*New York*, Oct. 15, 1990 （布朗克斯區巴斯蓋特大街上一家名叫李維拉的葬儀社裡，奇諾・迪傑斯的遺體經過打扮後，正橫躺在打開的棺材內，從頭髮、下巴鬍鬚到細長的八字鬍都被梳理過。）

另外，pencil 有時也是男性性器官 penis 的委婉表現。

penny　便士

呈圓形的便士給人一種小巧、可愛的印象。

▶ She had fixed her mind on that child and held her face firmly before her: a bright baby face as round as a **penny**, eyes that widened with enthusiasm whenever Maggie walked into the room, dimpled fists revving up at the sight of her.——*Breathing Lessons*, Anne Tyler, Berkley, 1988 （她把所有心思集中在小孩身上，緊緊地將她的臉捧到自己的面前。每當瑪姬走進房間，有著圓圓小臉、表情愉悅的嬰兒就興奮地睜大雙眼，在她眼前揮動著那雙握不緊的小手。）

在美國，penny 雖是貨幣中幣值最低的硬幣，但一般人卻不會對它帶有任何蔑視的眼光，反而覺得很溫馨、可愛。參照 new penny。

peso　披索

墨西哥的經濟似乎總是處在通貨膨脹的狀態中，也因此，當地貨幣披索也總是給人起伏不定的感覺。

▶ And Dick Snider squinted through his own cigarette smoke

and felt that his heart was about as sound as a **peso**.——
Lines and Shadows, Joseph Wambaugh, Bantam, 1984（接著，
狄克・史奈德一邊瞇著眼看著自己香菸的煙霧，一邊感覺
到自己的心臟不安地跳動著。）

而 as sound as a yen（和日圓一樣穩定）的說法，或許有朝一
日會被當作反諷的詞語也說不定。

piano keyboard　鋼琴琴鍵

　　鋼琴的琴鍵是由白鍵和黑鍵規律地反覆排列。當我們在
音樂廳欣賞音樂、看到芳華漸逝的女性頭髮時，不免會讓人
想起鋼琴的琴鍵。

　▶It was a tune new enough to them all. Listening, and watch-
ing Nicole's shoulders as she chattered to the elder Marmora,
whose hair was dashed with white like a **piano keyboard**,
Dick thought of the shoulders of a violin.——*Tender Is The
Night*, F. Scott Fitzgerald, 1939（對他們而言，這是相當新的
一首曲子。狄克一面聆聽一面看著妮可拉的雙肩，此時她
正和年紀較長、頭上已漸摻白髮的瑪摩拉聊天，這樣的情
景不禁讓他想起小提琴的琴肩。）

keyboard 一字字義的演變相當有趣。原為鋼琴琴鍵，後來變
為打字鍵盤，如今又成為電腦硬體上不可或缺的一部分。不
過，其為傳遞訊息之重要機能卻始終如一。當然，電子合成
樂器的鍵盤也叫 keyboard。

pie in the sky   浮在空中的派

　　就算有人謠傳哪兒有派浮在空中，掉落時可食用，相信應該沒有人會理會這種「畫餅充飢」的鬼話吧！此用法正意喻「渺茫的希望，空想的計畫」。

▶Taking classes to learn to be a politician sounds about as **pie-in-the-sky** as promising no new taxes.——*New York*, Sep. 3, 1990（選修如何成為政治家的課，聽來就像政客們承諾不增加新稅的空頭支票一樣。）

派浮在空中尚稱有趣，若是 pie in one's face（砸在臉上的派）的話，可就慘不忍睹了。

piece of ice on a hot stove that rides on its own melting   熱爐上自行消溶的冰塊

　　比喻沒有任何虛假或隱瞞，像是豁出一切、任憑命運宰割的聽天由命狀態。類似「俎上肉」之意。

▶We would wait for him outside his apartment in the morning and tail him back there at night, goading him with questions like "what do you mean when you say you're conducting an open administration?" To that he replied, "It's like a **piece of ice on a hot stove that rides on its own melting**." ——*San Francisco*, May, 1982（我們早上會在他的公寓外等候，晚上則尾隨他回家，以諸如「您所謂實行開放的行政管理是什麼意思？」等問題砲轟他。對此，他的回答是：「一切坦白，沒有虛假或隱瞞。」）

這句話背後的心境或許是 on thin ice（在薄冰上，如履薄冰）吧！

planet pulled off course　脫軌的行星

　　如同切掉船纜的船、導航機能故障的飛機、方向盤不靈光的汽車等的形容一樣，都是比喻一種失序的狀況。

▶Lelia saw that Jessica was deteriorating badly. She was like a **planet pulled off course**. She had no continuity, no center, no anchor.——*Golden Girl*, Alanna Nash, Signet, 1988

（列利亞了解到潔西卡的情況每況愈下，就好像一顆脫軌的行星，思緒游盪、失去重心、失去依靠。）

行星不脫軌的話，應可說成 planet staying in course（停留在軌道上的行星），不過，行星本身根本不可能脫軌，故此說法並不常用。

plot of a Dickens novel　狄更斯小說的情節

　　19 世紀的英國作家狄更斯 (Charles Dickens) 的小說，大部分是以每月連載的方式與讀者見面。或許是這個關係，使得他的作品呈現出一開始即以相當速度進行、情節內容變化萬千的特色。

▶As large book companies have snapped up smaller ones in recent years, the once sedate world of publishing has been changing as fast as the **plot of a Dickens novel**.——*Time*, May 7, 1984 （近年來，大型圖書公司陸續併吞小公司，使

得一度平靜的出版界有如狄更斯小說的情節般，　瞬息萬變。）

the plot of *Star Wars* series（「星際大戰」系列電影的情節）也可以用在相同的情況吧！

podiatry and deep-sea diving　腳部治療和深海潛水

　　如「天壤之別」、「雲泥之差」等成語，以兩種完全不同性質的物質作為對比的比喻，可明顯看出其中不同的價值觀及其差異性。本詞語也是基於此種修辭技巧下，形容兩者之間「差距甚遠」的比喻法之一。

▶ "There are some novelists I can hardly talk to. It is as though we were in two very unlike professions, like **podiatry and deep-sea diving**, say." ——*Fates Worse Than Death*, Kurt Vonnegut, Vintage, 1991（「沒有幾個小說家和我談得來。我們好像從事完全不同的行業，就好比腳部治療和深海潛水是兩碼子事一樣。」）

最近也漸漸興起訂做鞋子以配合腳形，以及因柏油路造成腳部負擔，導致腳部異常、腳疾增加等情形。看來專門治療腳疾的醫生也會慢慢增加。但相較於 deep-sea diver（深海潛水夫）的數目，foot doctor（足科專門醫師）確實少之又少。

pond　池塘

　　池塘、沼澤的水，流動性很差，有時會因水質混濁、水

底沈澱物的層層堆積而浮上水面，使得惡臭四散，令人難以忍受。總之，池塘給人的印象是——滿是污穢。

▶POLITICS? Like a **pond**; the scum rises to the top.——
The CoEvolution Quarterly, Spring, 1981（政治？有如一座池塘，污穢的東西時時浮出表面。）

池塘的爛泥可挖出當肥料使用，稱為 pond manure（池塘肥料）。可見垃圾、爛泥也並非完全無用，政界人士也並非全是敗類。

pool table　撞球臺

　　撞球臺必須平穩，畢竟凹凸不平的表面會有礙玩球，而其呈青綠色的桌面，正給人一望無際的平原意象。

▶The city-to-be was laid out on featureless land as flat as a **pool table**, according to a plan by the French-born architect Pierre L'Enfant, who had designed yet another arbitrarily chosen capital, Washington D.C.——*Fates Worse Than Death*, Kurt Vonnegut, Vintage, 1991（根據在法國出生的建築師皮耶爾・朗仿的設計圖，未來都市應設計於如撞球臺般平坦、無特色的土地上。〔美國立國之初〕所選定的首府華盛頓，也是朗仿基於這個理念來設計規劃的。）

雖然 poolroom 或者 poolhall 二字表面上指的是設有撞球臺的撞球房，然而，卻不是純撞球的地方。如大家從電影所熟知，有的撞球房還兼作下注賽馬、拳擊等非法進行賭博的賭場。可知此單字還隱含著相當多彩多姿的意義。

活用美語修辭

pressure cooker　壓力鍋

壓力鍋以蓋密封，加熱後，鍋內溫度可達攝氏 100 度以上。隨高溫急遽上升的壓力，可在短時間將難煮的肉煮嫩。若把這種情形套用在人際關係上的話，很難想像會有什麼樣的狀況發生。

▶Over the past months, she and Fanning had exchanged words in a number of **pressure-cooker** situations—to the point, as one eyewitness reported, that he could "hardly even bear to be in her presence."——*Golden Girl*, Alanna Nash, Signet, 1988（過去幾個月來，她和菲寧兩人唇槍舌劍，數次到達劍拔弩張的狀態。親眼目睹的人說，他甚至激動到「再也無法忍受她的存在。」）

▶The pervasive uncertainty and relentless intensity of the launch added up to a **pressure-cooker** atmosphere, and that took its toll.——*The Making of McPaper*, Peter S. Prichard, St. Martine's Press, 1987（創刊時所瀰漫的不安和執拗的緊繃情勢，再加上一觸即發的火爆氣氛，在在都導致了重大損失。）

壓力累積到忍無可忍時，終有爆發 (explode) 的一刻。

pretty pewter　美麗的錫鑞

pewter 為錫、鉛合金，廣泛用於餐具和廚具。顏色略灰，帶白色光芒。

▶Depending upon your temperament, the skies of early December are a **pretty pewter**, or a dull gray.——*Newsweek*, Dec. 11, 1978 （隨著心情的起伏，12 月初的天空可看作是美麗的錫鑞，也可看作是陰沈的鉛灰。）

西部電影裡經常出現的金屬餐具，多為錫鑞製品。在東方，或許是因為錫鑞的觸感較粗糙，所以不太討喜，一般也不常見。因此對我們而言，這個譬喻可能較無法產生共鳴。

priest's suspenders　牧師的吊褲帶

　　如諾曼・洛克威爾畫中出現的人物，白襯衫加彈性吊褲帶的裝扮是過去牧師的固定造型，也成為遵守傳統、保守、凡事以規矩為優先的象徵。

▶White was as conservative as a **priest's suspenders**. ——*Frisco Magazine*, Mar., 1982 （懷特是位有如牧師的吊褲帶般典型的保守派份子。）

女性的彈性吊襪帶 (garter belt) 也可稱為 suspender belt。由於現在此物已歸於「保守」的範圍內，或許也可用 as conservative as suspender belts 的說法來評論女性哩!

prostitute　妓女

　　屬於自由業的作家是沒有所謂休假日可言。因為每天既是工作日，也是休假日，由此，或許可將作家和妓女歸在同一職業範疇。不過，妓女的工作理應較為辛苦吧! 畢竟男人的性需求是沒有日夜之分的。

▶"I'm like a **prostitute**," he says, laughing. "I'm never off

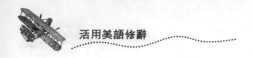

duty." ——*Time*, Aug. 18, 1986（「我就像妓女一樣，」他笑著說，「從不休假。」）

字典裡， prostitute 另有「濫用才華，為錢寫爛文章的作家」之意，彼此之間的關係果然深厚。

pull wagons into a defensive circle　集結帶篷馬

車圍成圓形陣式防守，擺開陣式備戰

　　美國拓荒時期，前往西部的帶篷馬車和埋伏山頭伺機進攻的印第安人之間的對決，是美國西部電影裡反覆上演的固定戲碼。日暮西沈，耳聽印第安原住民在荒野上呼吼的同時，白人駕著的帶篷馬車也緊密地排成圓形陣式嚴正以待。此語句原本即用於描繪「風聲鶴唳」的情景。

　　▶ As long as these explosions keep happening—and no end of them is in sight—the impulse to **pull** the Establishment **wagons into a defensive circle** will continue strong. —— *Newsweek*, Dec. 16, 1968（只要此類暴動持續發生，而且沒有結束的跡象時，體制派結集勢力鞏固己利的強烈舉動，勢必繼續增強。）

當敵方的威脅退去後，圓形陣式就會解除，再度形成一列出發。此種成列的帶篷馬車即稱為 wagon train。

put on the running shoes　穿上慢跑鞋

　　平常穿正式皮鞋上班的人，一旦換穿慢跑鞋，不外乎是想加快腳步往前衝刺。不用說，在換穿鞋子後，速度一定會

立刻加快。

▶ Almost overnight, it seems, the package-delivery business has **put on its running shoes** in Europe. ——*Time*, Dec. 4, 1989 （幾乎是在一夕之間，歐洲的包裹遞送業有了急速的發展。）

同為 running shoes，若用於 I gave him his running shoes. （我給他他自己的慢跑鞋）的話，則變為「解雇某人」或「拒絕某人求婚」之意。

python without its marbled skin　沒有斑花花紋的錦蛇

錦蛇之所以嚇人，在於牠身上的斑花花紋，若沒有了斑花花紋，就和普通蛇沒有兩樣。此時，雖仍讓人心裡發毛、有所顧忌，但已不再令人恐懼了。

▶ A New York subway without graffiti is like a **python without its marbled skin**. The last of the graffiti-covered cars was retired last Friday, and an era retired with it.——*U.S. News & World Report*, May 22, 1989 （少了塗鴉的紐約地下鐵，就像身上沒有了斑花花紋的錦蛇。當最後一輛佈滿塗鴉的客車於上星期五退下舞臺的同時，也宣告了一個時代的落幕。）

另外，若 Snow White without her dwarfs（沒有小矮人的白雪公主）存在的話，就不可能被王子親吻而永遠長眠吧！世界上也就不會有《白雪公主》的故事了。

rail 鐵軌

喻人細瘦，在日本說「細長如針」，在美國則說 rail-thin
（細如鐵軌）。兩者間的差異，應該是由於國土空間的不同所
造成的吧！鋪設在美國大平原上的鐵路，在遼闊無垠的廣大
空間裡，也倒很像一根根的細針。

▶John Linnell, a **rail**-thin 29-year-old with a long, wavy
forelock, disappears momentarily behind his accordion. ——
New York, Feb. 6, 1989（約翰・林奈爾，細瘦，29 歲，留著
長長鬢髮的劉海，突然從自己的手風琴背後消失。）

▶"As far as age is concerned, you look younger now than
you did in South Dakota. So does Iduna. What's her husband
like? Five feet three and skinny as a **rail**. I'll bet. Little men
always go for big women." —— *Vane Pursuit*, Charlotte
Macleod, Mysterious Press, 1989（「就年紀而言，你現在看
來比在南達科塔州時年輕。伊都娜也一樣。她丈夫長相如
何？他呀，才五呎三，長得很瘦小。我敢打賭，瘦小的男
人總是喜歡壯碩的女人。」）

另外，也可以用 as thin as a stick（瘦如棒子）來比喻骨瘦如

柴的樣子。 東方人應該比較能接受這種比喻吧! 參照 string bean, toothpick。

rainbow　彩虹

只是讚嘆彩虹的美是不夠的，還有必要針對彩虹是由七種不同顏色構成的本質來分析思考。因此，可以用來比喻許多事物不能就單方面考慮之意。

▶ On the streets of Oakland in interviews with business owners and homeless loners, with college students and architects, Brown's candidacy was greeted with a **rainbow** of outright enthusiasm, downright pessimism and guarded hope. ——*The Chronicle*, Dec. 3, 1997（在奧克蘭的街道上，訪問過往的企業家、孤獨的流浪漢、大學生和建築師後發現，大家對布朗的出馬競選抱持著不同的態度，有的坦誠歡迎，有的明顯悲觀，有的則抱持著審慎的期望。）

84 年總統大選中， 參選的黑人候選人傑西‧傑克森 (Jesse Jackson) 號召黑人和其他少數民族團結起來， 並以 Rainbow Coalition （彩虹聯盟）的口號奮戰。此時的 Rainbow 成為多種族、多元化的象徵。

rap across one's knuckles　打手指關節

打手指關節是一種對孩子的輕度懲罰。

▶ In the meantime, Microsoft got "a slight **rap across its knuckles,**" said Buyer, "a message that they can't bully all

parts of the market."──*Wired News*, Dec. 11, 1997（同時，微軟受到「輕度的懲罰，」拜耳說道，「這也是告訴他們不能霸佔整個市場耀武揚威的意思。」）

例句中，懲罰微軟公司的是美國聯邦法院，也就是 big brother（老大哥，即君臨全民之上的國家權力）。「手指關節」的比喻，即因上述聯想而產生。整個例句透露出，無論微軟公司再怎麼龐大，在美國國家權力看來，也只不過是個「小弟弟」，給人一種國家無比強大的深刻印象。

razor blade 刮鬍刀刃

看著鋒利的刀刃，心中不禁湧起一股緊張、害怕、難以忍受的感覺。

▶ The Captain says in a voice as sharp as a **razor blade**.──*Time*, Apr. 11, 1983 （隊長用一種如刀刃般尖銳的聲調說話。）

說人 as sharp as a razor（像剃刀般鋒利）的比喻也極受歡迎，用於形容精明能幹的人。而聰明敏銳的人，也可簡單說成 a razor。

real men don't eat quiche 真正的男人不吃法國派

這是由於法國菜的派 quiche，原本被視為女性所吃的食物之故。

▶ In a sort of **"real men don't eat quiche"** syndrome, studies show that toilet scrubbing, floor washing, laundry and

oven cleaning are things men would rather leave for the fe-
males. ——*The Los Angeles Times*, Sep. 23, 1990（有好幾個
調查結果顯示，在所謂「真正男人不吃法國派」的症候群
下，男人較希望把洗刷廁所、洗地板、洗衣服，和清洗烤
箱這些事情留給女人來做。）

因此，quiche-eater（食用法國派的人）有時意指「有娘娘腔
的男人」，用以輕蔑男同性戀者。

red carpet　紅地毯

　　貴賓來訪時，為表示敬意，通常會在通道上鋪設紅色的
地毯讓貴賓行走。據說在過去，只有國王才能走在紅地毯上。
引申為懇摯、慎重對待之意。

▶ "Elvis was ecstatic to hear my husband's voice and imme-
diately invited us to the concert that evening, putting out the
red-carpet treatment." ——*New York*, Aug. 25, 1997（「艾爾
維斯一聽到我丈夫的聲音，立刻興高采烈地邀請我們參加
當晚的演唱會，懇摯地款待我們。」）

roll out the red carpet（攤開紅地毯）更清楚地表現出熱情迎接
的感覺。至於 red tape（紅色膠帶）的意思則完全不同，是指
政府機構煩冗的公文程序。

red flag　紅旗

　　紅色可讓人或牲畜興奮，是危險的顏色。比如說宣告開
戰的顏色，以及代表革命的顏色等，皆慣用紅色。

▶ Friedrich's name was a **red flag** to the locals. ——*San Francisco*, Apr., 1987（對當地人而言，佛利德里奇的名字乃是危險的徵兆。）

一旦戰爭結束，手上舉的當然是代表投降的白旗（white flag）。

red-handed　血腥的手

　　殺人的手當然沾滿血腥，雖想儘快洗掉、消除證據，怎奈措手不及，當場被以現行犯罪名逮捕。

▶ What's new here is that some teenagers are caught **red-handed** but nobody can define what it is that they were doing wrong. ——*Whole Earth Review*, Fall, 1990（這裡的最新狀況是：一些青少年現行犯被捕，然而沒有人可對他們的罪行下定論。）

廉潔清白，與犯罪無瓜葛時，為 clean-handed（潔白的手）。

refrigerator　冰箱

　　「你好冷酷，不但如此，你整個人就像冰箱一樣又冷又乾，簡直不像身上流有溫熱血液的人。」這就是我們可以用冰箱形容人的句子，而「冷」正是冰箱給人的第一印象。

▶ The parents, especially mothers, of autistic children have often been blamed for their children's condition. Called "**refrigerator** parents," they've been accused of being cold, aloof and unemotional toward their children, causing them to strike back with rage, hostility and withdrawal. ——*Psychology Today*, Mar., 1984 （一般把造成孩子自閉症的責任歸咎於自閉症兒童的父母，特別是母親。他們被稱為「冰箱的父母」，對待孩子格外冷淡、疏遠、不流露情感，導致孩子們以憤怒、憎恨和退縮的行為來表達抗議。）

在此，refrigerator 比喻的是人，若用以形容「冰冷如冰箱」的地方時，則是指「監獄」。

ride on one's coattails　坐在某人的衣襬上

　　有人正坐在某人的西裝後襬上，這會是什麼樣的情景？代表什麼意思？原來是用來比喻「依靠、利用人」之意。也可說成 hang on one's coattails（拉住某人的衣襬，意喻仰賴他人生活）。如此的行為，就和拉著某人的衣袖求救、乞憐一樣，像落水狗般可憐，同時令人有一分揮之不去的嫌惡感。

▶ "Mattel is **riding on our coattails** to a certain extent, and

then we'll ride on Mattel's." ——*Time*, Nov. 11, 1996（「馬泰爾在相當程度上利用了我們，下次換我們利用他。」）

所以，還是注意一下自己的 coattails，以防被利用。另外，有人專門 trail one's coattails（拖著衣服的下襬）走路，故意讓人或踩或踏，以便有理由「挑釁、找碴」。參照 buttonhole。

roach　蟑螂

roach 為 cockroach 的簡稱。在美國，蟑螂不但惹人厭惡，還被認為是傳染病的媒介。而在今日美國社會，也有一種如蟑螂般惹人嫌惡的東西正在蔓延。

▶ Americans themselves are profoundly discouraged by the handguns that seem to breed uncontrollably among them like **roaches**. ——*Time*, Apr. 13, 1981（對於有如蟑螂般失控蔓延整個社會的手槍，美國人本身深感沮喪、無力。）

以小生意為生的人也叫 cockroach，營營終日，只為瑣事忙進忙出的樣子，就如蟑螂一般。由此延伸義，似乎讓原本惹人厭的蟑螂變得有些可愛了。

roast　烤肉

將大塊牛肉以竹籤穿過，放在火上燒烤時，肉汁會滴落火上，令烤肉的香味四溢。由此大塊烤肉的意象，美國人會聯想到「壯碩」的人。

▶ He is a massive, round, slack-jawed man with arms as big as **roasts**. ——*Houston City Magazine*, Oct., 1982（他是個壯

碩、圓滾，下巴鬆垮垮的男人，手臂還大得像整塊烤肉。）

烤豬肉為 roast pork，烤全豬為 roast pig，不過在震撼度上，都無法與牛肉匹敵。

▶Northern Ireland Secretary Mo Mowlam is taking a **roasting** from politics, victims' families, and the press after an unprecedented trip into Maze Prison beseeching imprisoned Protestant paramilitary leaders to support the peace process, which was beginning to spiral out control. ──*AM NEWS ABUSE*, Jan. 11, 1998 （北愛爾蘭部長莫‧摩蘭姆破天荒訪問梅澤監獄，向入獄的新教派聖戰軍幹部們懇請支持開始陷入膠著的和平談判。此一舉動引發許多政治人士、受害者家屬和媒體的強烈指責。）

roast 可作動詞用，由燒烤的原意轉為「攻擊，嚴厲批評」，表示強烈的指責、激烈的抗議。

rock　岩石

　　岩石靜止不動，遭人踹、讓人踢也不會有所反應。被雨打、受風吹，永遠呆呆地楞在原地。

▶We don't know how they do it because we, as humans, are still dumb as **rocks**.──*The Washington Post*, Apr. 13, 1997 （真不知牠們是如何辦到的，因為身為人類的我們還像石頭般的愚蠢。）

此外，由石頭的其他特性，也產生 hard as a rock（像石頭一

樣硬梆梆）等的說法。參照 stone。

rock the boat　搖船

在海上難得風平浪靜，照常理說，應該沒有人會故意晃動船身引發騷動才是。然而，若想改變現狀，光乘坐在平穩的船上，是難以有任何改變的，此時若不挺身、做些努力的話，就有可能失去千載難逢的好機會。不過話說回來，在海上騷動的結果，可能會淪為鯊魚的大餐也說不定！

▶Once upon a time, men were men, women were women, and anyone who **rocked the boat** got eaten by sharks. —— *Psychology Today*, Mar./Apr., 1994（很久很久以前，男人是男人，女人是女人，若有人想興風作浪，必定被鯊魚大口吃掉。）

另有 miss the boat（錯過船班，喻錯失機會）的片語。由此可看出 boat（船）一字和人們期待的轉機、好機會等有密切的關係。

rowboat that fell off the big ship　脫離大船的划艇

當繩子一鬆掉，救生艇之類的小船從大船掉落在水面的瞬間，所有乘客都會起一陣騷動。然而，隨著航行的順利，人們很快就會遺忘失去救生艇時的不安。相同地，自己周遭的人死去後，儘管對自己是多麼重要的人、多麼地深切思念，也會隨著時間的經過，慢慢將一切淡忘。

▶ "My father committed suicide. Then my mother met my stepfather, and we went on. My father kept receding into the past, like a **rowboat that had fallen off the big ship**. I never even cried." ——*Psychology Today*, Nov./Dec., 1997

（「父親自殺後，母親遇上繼父，我們繼續過自己的生活。對父親的記憶就如脫離大船的救生艇漸行漸遠。我甚至一次都不曾哭過。」）

rowboat 為「用槳划行 (row) 的船」，在英國，較為正式的說法為 rowing boat。而任何船上都必須預備、可在意外發生時藉以逃生的小船稱為 lifeboat（救生艇）。

rubber stamp　橡皮章

為砰砰隨意亂蓋的許可章。由於就算蓋了章也無須負責，可說是一種「盲目章」。

▶ But at the same time the House of Representatives seemed equally unlikely to turn into a **rubber stamp** for the government of President-elect Nguyen Van Thieu. ——*Newsweek*, Nov. 6, 1967（不過同時，眾議院似乎也不可能突然改變立場，默默接受新上任總統阮文紹的內閣政府。）

例句中，整個眾議院被視為一個「橡皮章」。用在人方面，若某個人沒有獨自的看法、主張，只光聽別人的意見投票而無定見的選舉人，就可稱為 a rubber stamp voter。

sack　麻布袋

　　日本稱又薄又硬的被子為「煎餅被」，想像有如睡在煎餅上的滋味，真是傳神。相對於日式被子一張、一張地往上疊，西式床鋪則是鋪床單、蓋被單，人在睡覺時，像被包裹在裡頭。在英文中，即把睡床比作麻布袋。同時也讓人自然而然聯想起睡袋。以麻布袋形容簡陋睡床，可說相當貼切。

　　▶As he pulled on his Adidas, he pointed at the bed. "I can't tell you how much I was looking forward to being in the **sack** with you tonight."──*The Anastasia Syndrome and Other Stories*, Mary Higgins Clark, Arrow, 1990（他一面穿上愛迪達鞋，一面指著床。「真無法形容，我是多麼地期待今夜和你同床共寢。」）

另有 sack artist（布袋專家）的說法，其意義很容易想像，即為「終日睡覺的懶蟲」。不過，近來逐漸也用來指床上功夫厲害的人。

saffron　番紅花，番紅花色

　　純白餐盤上的番紅花炒飯，令人非常垂涎；白色與黃色

的搭配，也令人賞心悅目。對喜愛色香味俱全的義大利菜的人而言，此花做成香料、用在料理上的嫩黃色，會讓人心中湧起幸福和快樂的感覺。然而，對於人生不如意的人來說，並不會感到愉悅。因為番紅花的黃色，也牽連到某種人們不願提起的事物。

▶I was sick two years with a liver complaint; I was as yellow as **saffron** and could scarcely put a crumb of bread in my mouth, such a distaste I had for food.——*Esquire*, Jan., 1984（這兩年來，我由於肝病，全身就像番紅花一樣黃，而且極端地痛恨食物，甚至連一丁點的麵包都吞不下口。）

就有如 yellow journalism（黃色書刊），yellow peril（黃禍）等用法，yellow（黃色）原本為歐美人士所厭惡的顏色。

the Sahara Desert　撒哈拉沙漠

沙漠給美國人的印象是綿延廣闊、無邊無際的荒野，而撒哈拉一排排成堆的沙丘，更給人草木不生、不毛之地的強烈印象。

▶In modern, big city newspaper publishing, the afternoon is considered **the Sahara Desert** of profit. The morning is considered the Garden of Eden. ——*San Francisco*, May, 1982（對現代大都市的報紙出版業而言，下午被認為是利潤一毛不生的撒哈拉；相對地，早晨則是幸福的伊甸園。）

例句中，將樹木青翠蒼鬱、「禁果」豐碩纍纍的伊甸園 (the Garden of Eden) 和撒哈拉沙漠作對比，藉以形容天堂與地獄

之別。

sailor　水手

　　港都夜雨，與心愛的女人臨別依依，瀟灑的郎君就要上船離去……。這是已故日本名演歌手美空雲雀的歌曲中所洋溢的水手形象。美式英語中，sailor 同樣含有令女人迷戀的男人之意象。然而另一方面，卻也被認為是粗暴、狂野的代表。這二種特質並不互相抵觸，反而可以說是一體的二面。說不定正是這點瀟灑中略帶流氓氣息的特質，才使得女人深深為之著迷！

　▶At the age of ten I could smoke cigarettes (and inhale), swear like a **sailor**, and carry on a reasonable conversation about carburetors.──*Mother Jones*, Sep., 1989 (十歲時，我就會抽菸，能把煙吸進去，且同水手般口出穢言，還能和人談論內燃機裡汽化器的事情。)

另有 a good sailor（好水手）的說法，意謂「不暈船的人」；反義語的「會暈船的人」則為 a bad sailor（爛水手）。

salad bowl　沙拉碗

　　melting pot（熔爐）可以用來比喻由各種人種混合組成的美國社會，為過去即有的代名詞。另外也有 hodgepodge（大雜燴）的形容。salad bowl 則是近年來較新的說法，和前述的兩個用字同樣用來比喻各種人種混合的社會，但更強調：與其勉強要求融合，不如讓各民族如亞裔、拉丁裔等移民人口各自保有他們多彩多姿的文化及語言。總之，讓各種不同膚

色的人種混合成像一大碗沙拉的比喻，在講求自由民主的現
代來說，會比較適切。

▶America is a **salad bowl**. Yes, a bowl has replaced the old
pot —to toss the ethnic ingredients rather than to melt them.
——*Asahi Evening News*, May 12, 1984（美國是一個沙拉
碗。是的，沙拉碗已取代了熔爐——只攪拌各式人種材料，
不將其熔化。）

同樣 bowl 一字，如 fish bowl（玻璃魚缸）指的則是「監獄」。
透過玻璃永遠被人監視的魚，正和犯人的命運可相比擬。

salad days　沙拉的日子

　　如沙拉一般青翠生澀、少不更事的時期，即用以指缺乏
經驗的青年時期。

▶His **salad days** were spent as a Doubleday employee in
Garden City and in Manhattan, followed by the newspaper
years in Manhattan, then in Philadelphia, and back again in
Manhattan.——*Christopher Morley's New York*, Christopher
Morley, Fordham Univ. Press, 1988（他在花園市和曼哈頓的
達布爾迪公司度過新鮮人的生澀歲月。後來轉入新聞界，
首先在曼哈頓，接著換到費城，然後又回到曼哈頓。）

salad days 一語出自莎士比亞《安東尼與克麗奧佩脫拉》劇本
中克麗奧佩脫拉的臺詞："My salad days, when I was green in
judgement, cold in blood, ..."（「我那少不更事的青春歲月，那
段判斷力生澀、血液冰冷沒有熱情的過去……」）。

salami game　蒜味鹹臘腸的遊戲

　　salami 這種義大利蒜味鹹臘腸，通常被切成薄片食用。不過重點不在切成的薄片，而在於還沒切的部分。只要一舉刀，原來的蒜味臘腸條塊就會愈變愈小，直到不見蹤影。

　　▶Moreover, many N.R.A. activists believe any attempt to regulate firearms is part of the "**salami game**": a slice-by-slice diminishing of their rights.——*Time*, Jan. 29, 1990 （再者，許多全美來福槍協會的活動人士相信，任何推動槍械管制的意圖都只是「切蒜味鹹臘腸的遊戲」——一片一片地削減他們的權利。）

「切蒜味鹹臘腸的遊戲」在反對槍械管制的 N.R.A. 人士眼中，是 That's not the game!（一場極不公平的遊戲）。

salt-and-pepper　鹽和胡椒

　　白色的鹽和黑色的胡椒（pepper 通常是指黑胡椒）混在一起時，是不是像極了黑白摻雜的頭髮？

　　▶Bell, a boyish bespectacled 52-year-old with **salt-and-pepper** hair and a mustache, spends a good deal of his off-air time in his living room. ——***Pittsburgh Tribune-Review***, Aug. 17, 1997 （貝爾，52 歲，娃娃臉上戴著一副眼鏡，有著黑白摻雜的頭髮，嘴上留著髭鬚。不錄音時，多半在客廳裡打發時間。）

將鹽巴和胡椒顛倒成為 pepper-and-salt 的話，就變成是西服

衣料上的白斑點花樣。參照 keyboard。

Samson's chest in his sleep　參孫睡覺時的胸膛

力大無窮的參孫是出現在《舊約聖經》裡的人物，是以色列人的英雄。他睡覺時，那巨大又厚重篤實的胸膛反覆起伏、下降的樣子，想必非常壯觀。

▶The firmaments of air and sea were hardly separable in that all-pervading azure; only, the pensive air was transparently pure and soft, with a woman's look, and the robust and man-like sea heaved with long, strong, lingering swells, as **Samson's chest in his sleep**. —— *Moby-dick*, Herman Melville, 1851（蔚藍的蒼穹與大海連成一氣，渾然不可細分；唯一可辨的是，沈思般的天空透明清柔地好比女人的臉，而勇猛男性化的大海其強而深沈緩慢的波浪起伏，讓人聯想起參孫睡覺時的胸膛。）

迷惑參孫，將其力量來源的長髮剪掉，使他力量盡失的女人為 Delilah（黛利拉），可引申為「妖婦」之意。

sapphire　藍寶石

通常藍寶石會讓人聯想起清澄、湛藍的天空色。不過，更令人珍貴、想要擁有的是，如漫畫人物的眼睛所綻放出星狀光芒的 star sapphire（星彩藍寶石）。

▶Palm Beach sprawled plump and opulent between the sparkling **sapphire** of Lake Worth, ...and the great turquoise

bar of the Atlantic Ocean. ——"The Rich Boy," F. Scott Fitzgerald, 1926（寬闊、壯麗的棕櫚海灘，位於如藍寶石般閃耀著湛藍光輝的窩士湖……和如大綠松石般青綠的大西洋之間。）

例句中的 turquoise （大綠松石）， 顏色為青綠色， 也可以turquoise blue 形容其顏色。

sardine　沙丁魚

　　打開沙丁魚罐頭時，可以看見被緊緊密封在裡面的魚肉。當處在人擠人的場所，如擠滿乘客的公車、捷運時，不禁使人聯想起有如罐頭裡的魚。

　　▶They'd already stood squeezed like **sardines** for two hours. ——*New York*, Jul. 31, 1988（他們被擠得像沙丁魚一樣，站了兩個小時。）

有時也當動詞使用，如 We have to sardine those people in. （我們必須把那些人擠進去）。

scarecrow　稻草人

　　身材苗條雖是好事，但若瘦到衣服好像要掉下來時，看來就像是個難看的稻草人了。

　　▶In four months she has faded from a feathery 102 pounds to a **scarecrow** 97, and the prison uniform—an uncommonly feminine, colorful smock over blue-black denim slacks—droops from her attenuated form.——*Newsweek*, Feb. 2, 1976

（在四個月內，她從輕如羽毛的 102 磅，減輕到像稻草人般消瘦的 97 磅，藍黑色的粗棉布寬鬆褲搭配罕見的女性化彩色罩衫——即所謂的囚犯衣，垮垮地垂掛在她細瘦的骨架上。）

scarecrow 的字源，直接來自這個字的本身意思——「嚇走 (scare) 烏鴉 (crow)」。

schoolgirl　女學生

青春期的少女凡事以自我為中心，容易自負、自以為了不起。

▶Members of Congress, particularly those who have risen in the hierarchy to positions of real power, are as vain as **schoolgirls**.——*Newsweek*, Dec. 16, 1968（國會議員，特別是那些佔有實權的高階層人士，有如青春期的女學生一般，自命不凡。）

另外，schoolboy（男學生）則暗喻吸食古柯鹼的人。

screwball　螺旋球，內曲線球

棒球中，有一種會令人聯想起軟木塞拔 (corkscrew) 的球路，投手會投出一種突然轉彎回旋的變化球中的變化球。因此，可當形容詞「特異風格的，古怪的，異於尋常的」等意思使用。

▶Apart from its comments on hospital life, the movie is a typical Japanese **screwball** comedy, more complicated than

185

coherent.——*Time*, May 21, 1990（除了對醫院生活提出了一些看法與見解外，這部電影是典型的日本特異喜劇，比前後連貫的處理手法複雜得多。）

當然也可當名詞使用，如 screwballs and semiscrewballs（怪胎和半怪胎）等。

sell ice to Eskimos　賣冰給愛斯基摩人

　　設想若有製冰公司突發奇想，決定空運冰塊到阿拉斯加賣給愛斯基摩人的話，會有人買嗎？連居住的地方都是用冰磚砌成的他們，或許還反過來推銷冰塊呢！賣冰給愛斯基摩人的這個主意，可說是「笨到家了」。

▶Most people would agree that the idea of selling tacos to Mexicans is about as loco as **selling ice to Eskimos**. Crazy or not, that's exactly what the American fast-food chain Taco Bell did when it opened a taco stand in Mexico City last June.
——*Newsweek*, Nov. 16, 1992（相信大部分的人都同意，賣煎玉米餅給墨西哥人的點子就像賣冰給愛斯基摩人一般愚

蠢。不管是否瘋狂，去年 6 月美國速食連鎖店 Taco Bell 在墨西哥市開幕的一家煎玉米餅店，就面臨如此的窘境。)

將日本的罐裝或寶特瓶裝烏龍茶賣到中國，即 sell oolong tea to Chinese（賣烏龍茶給中國人）也是同類的傻事!

shadow boxer　影子拳擊手

假想敵人的存在，就像和影子 (shadow) 打拳擊一般，這樣的敵人步伐當然十分敏捷、輕盈。

▶A spy woman, with snow white hair and a mind as agile as that of a **shadow boxer**, Muriel is dressed simply but elegantly in a black velvet Chinese dress.──*San Francisco*, Dec., 1983（純白的頭髮加上如影子拳擊手的敏捷心思，女間諜繆莉爾穿著簡單高貴的黑絨布料中國服。）

shadowbox 當動詞時，含有「採取不明朗、曖昧的態度」之意。

sheep's clothing　羊的外皮

不管身處在哪裡，都該意識到：即使是溫馴的羊，其外皮底下也常隱藏著真正的危險。

▶But as I blindly searched the company for other people whose jobs encompassed "education," I realized they were just marketers in **sheep's clothing**. In the name of "education," Microsoft was simply offering money-making schemes aimed at the young.──*Salon Magazine*, Sep. 25, 1997（但

是，當我暗中查訪公司裡是否有其他從事「教育」的相關
工作人員時，發現他們只不過是披著羊皮的市場開發人員。
微軟公司所提出的，只不過是頂著「教育」之名，以年輕
人為對象的賺錢策略。）

身上披著羊皮的，是誰呢？正是惡名昭彰的大野狼（a wolf
in sheep's clothing）（身披羊皮的狼）。

sheet　床單

　　形容白色的東西時，一般常用雪、鹽、天鵝的白羽毛等
習慣用語，另外，也常用 (as) white as sheet 比喻，不過，此
單字會給人一種不僅純白，而且蒼白的印象，正如醫院的床
單給人的感覺。

▶ "I know there's something the matter. You're white as a
sheet, I'm going to get you a cool bottle of beer." ——"The
Lees of Happiness," F. Scott Fitzgerald, 1920 （「我知道你有
心事，你的臉蒼白得像張床單，我去拿一瓶冰啤酒給你。」）
▶ Rio went into the house; when he returned 20 minutes later,
he was "white as a **sheet**," according to Matzorkis. ——
Newsweek, Apr. 7, 1997 （里歐進到屋內；根據馬秋奇斯描
述，二十分鐘後回來的他「臉慘白地像張白床單。」）

同樣的意思也可以用 (as) pale as a sheet 表達。

shoe salesman　鞋店店員

　　到鞋店的目的是為了找鞋子，所以目光主要注視腳下，

鮮少抬頭看店員的臉。因此，俊男美女們在鞋店工作可說是毫無用武之地。有沒有好看的店員，並沒有差別，因為誰也不會注意。

▶In reality, her friends, and possibly Addie and her father as well, found Herbert undistinguished. "He looked like a **shoe salesman**," Lasky, Jr. would remember. ——*Gloria and Joe*, Axel Madsen, Berkley, 1988（實際上她的朋友們，或許也包含亞迪和她的父親，都一致認為赫伯特是相當平凡的男人。小拉斯基回想道：「他看來就像鞋店的店員。」）

與鞋子相關的詞語中，可以留意像 shoestring（鞋帶）可表示「零散的資金」或「便宜的紅酒」之意。下一項的 shoehorn 也和鞋子有關，應該可以想像出它的言外之意。

shoehorn　鞋拔

擠在鞋子和腳之間隙縫的鞋拔，不畏窄小地勉強擠進。

▶He spent much of the past few years **shoehorning** his way into assorted gossip columns, linking himself with Clint Eastwood and Jon Voight and Kathleen Turner. —— *New York*, Mar. 14, 1994（過去數年，他花了泰半的時間拼湊各式的花邊新聞，將自己和克林・伊斯威特，強・沃特和凱薩琳・透納等名人牽強附會地搭在一塊。）

由上例可知，任誰也不想當個「像鞋拔一樣的人」。另外，若 die in one's shoes（穿著鞋子死去）則意謂人不得善終，「橫死」之意。

shot-out tires of an Army Jeep　中彈的軍用吉普車輪胎

相對於記憶中挺立在吉普車上閱兵的司令官意氣風發之英姿，輪胎中彈的軍用吉普車是一幅多麼寂寥、悲悽、可憐的畫面啊！

▶ After 2.5 years of litigation, nearly half a million pages of documents, reams of press coverage and 65 grinding days in court, the libel case brought by retired Gen. William C. Westmoreland against CBS deflated like the **shot-out tires of an Army Jeep**. ──*Newsweek*, Mar. 4, 1985（長達兩年半的訴訟，近 50 萬頁的相關文件，以及媒體的多方報導和整整 65 天折磨人的法庭審理的結果，這件由退伍將軍威廉‧威斯特摩朗德對 CBS 所提出的毀謗名譽控告案，簡直就像中彈的軍用吉普車輪胎般洩氣了。）

最早的 Jeep 為第二次世界大戰期間軍方生產的 Army Jeep（軍用吉普車），有別於戰後的民用吉普車 (Civilian Jeep)，因其特有的粗曠風格，更容易喚起人獨特的感覺。

Siberia　西伯利亞

西伯利亞代表的不僅是天寒地凍的地方，也給人一種沒有文明的邊荒之地的印象。若被放逐到如此蠻荒之地，心頭豈不鬱卒。而人到餐廳吃飯，若被安排到大柱子下面，或廚房洗手間出入口的座位時，也只得唧嘆「生不逢時，才被發派到如此邊疆吧」。

▶THE BEST SEATS IN TOWN, WHO GETS THEM —
AND HOW TO AVOID **SIBERIA** ——*New York*, Nov. 7,
1988（誰能就座鎮裡最佳的〔餐廳〕寶座？以及如何避免
最差的座位呢？）

另請參照 Auckland，即可得知最差的地點不只是西伯利亞而
已。

silk ties in a bargain basement　地下室拍賣場裡的真絲領帶

即使是正品真絲領帶，一淪落拍賣區後，價值就會大打
折扣，有如珍貴物被視同糞土，不復見往日光彩。但是，仍
往往會形成一股搶購熱潮。

▶He is seen as leading a takeover binge that destines faltering
companies to be snatched up like **silk ties in a bargain
basement**. —— *Newsweek*, Aug. 7, 1989（他被視為併購熱
潮中的領導者，使得那些狀況不穩〔但是有潛力〕的公司
就像拍賣場上的真絲領帶一樣，紛紛遭到併吞。）

silk 為高級奢華的象徵，silk stocking（真絲襪）即喻指「上
流階級」。

silver lining　烏雲的銀白色邊緣

不吉祥的烏雲再如何密佈，總有某處綻露出光芒的徵兆。
當壞事臨頭時，淨往壞處想也無濟於事，不如四處尋訪，或
許能找到烏雲鑲上銀邊般的希望。

▶ Bureau's brother wants her to move to the safety of South Carolina, and though she's bored by the idea, she sees one **silver lining**: "Down there," she says, "you can get a gun permit just like that." ——*New York*, Jul. 23, 1990（布蘿的哥哥希望她搬到安全的南卡羅來納州，她雖然對這建議感到很厭煩，不過往唯一的好處想，「至少到了那裡，可以輕易地拿到持槍許可證。」她說道。）

也可當動詞使用，如 Our prime minister silverlined the nation's economic future.（首相對國家未來的經濟，抱持著樂觀的態度）。

sinkhole　流理臺的排水孔

眾污水匯集而出的排水孔，所排之水愈髒，似乎愈能發揮其功能，愈能達到其目的。那兒也可說是眾人嫌忌之物的匯集處。

▶ WPVI is a model for the **sinkhole** of journalism known as Action News—a welter of gory lead stories, sunny features, and live-for-live's-sake reports. ——*New York*, Oct. 9, 1989（WPVI 以即時現場報導聞名，像排水孔一般匯集了各種新聞，可說是此類型新聞業界的典型代表——像一鍋充滿血腥頭條新聞、正面積極性話題，還有為生活打拼報導的大雜燴。）

更粗俗露骨的說法則為 asshole（屁股的洞，指屁眼）。例如墨西哥和美國國境上的小鎮堤華納 (Tijuana)，就被惡意地指為

the asshole of the world（世上最差的地方）。

sinners in hellfires　地獄火裡的罪人

人犯罪時，有所謂的烙刑侍候；若在世時，不知醒悟一而再再而三犯罪的話，死後會被送往地獄，投身於萬般熾熱的地獄火中。可以說罪犯在世所受的熱鍋水煮等的懲罰還算是輕。所以，若要譬喻無與倫比的熾熱狀態時，唯有以地獄火為例。

▶What I remember most is her dishwasher. I was so hungry that I would have eaten kosher food from the floor, but she gave me a lecture on water temperature, convincing me that her plates were more thoroughly boiled than **sinners in hellfire**. ──*Esquire*, Feb., 1984（我最記得的是她的洗碗機。我是如此飢餓，就算是按照猶太教規烹煮的食物掉在地上，我都願意撿起來吃，而她卻就水的溫度為我上了一課，企圖要我相信她的盤子比在地獄火中烤過的罪人還更完整地煮沸過。）

因此，所謂的 till hell freezes over（直到地獄結凍）根本就是不可能的事，故此表示「永恆、永遠」之意。

sitting duck　靜坐的鴨子

靜坐不動的鴨子，當然要比飛行中的野鴨容易擊落好幾十倍，故有「乖鴨子」之稱。可意喻「易於擊中的目標」。

▶Well...let's face it; that man was a bigot. We've learned a

lot about racial problems since then...but even a nigger could read The *Police Chief* in 1970 and see that we haven't learned much about weapons. Today's beat cop in any large city is a **sitting duck** for snipers, rapers, dope addicts, bomb-throwers and communist fruits. These scum are well-armed—with U.S. Army weapons—and that's why I finally quit official police work. ——*The Great Shark Hunt*, Hunter S. Thompson, Fawcett, 1979（嘿，讓我們認清那傢伙是個偏執狂的事實。我們從那時就學到許多關於種族問題的事情……不過，甚至連個黑人都能在 1970 年，從閱讀《警政首長》雜誌中，了解到我們實在對武器懂得不多。在現代各大城市裡的軟腳蝦警察，對槍擊犯、強姦犯、菸毒犯、爆破犯，甚至左派份子而言，簡直是「坐以待斃的乖鴨子」。這些人渣們可是都有配備全副的美軍制式武器——這也是我最後決定辭去警察職務的原因。）

美國印第安人的蘇族 (sioux) 酋長，壯健如泰山，毫不為任何事物所動，一般稱他為 sitting bull。同樣的 sitting 卻和「坐以待斃」的鴨子完全不同，因為這頭公牛隨時都會猛然起身衝往敵人，給予致命的一擊。

ski jump　滑雪場的跳臺

由滑雪場的跳臺形狀，可以讓人聯想起什麼呢？以下例句中的想像是東方人壓根兒都不會想的比喻。

▶ "She looked like an elf with large luminous eyes and a **ski-jump** nose." ——*A Little Original Sin*, Millicent Dillon, Anchor, 1981 （「她有著明亮的大眼睛和滑雪場上跳臺般微翹的鼻子，看來像個小精靈。」）

另外，一般人認為的福相鼻子——「蒜頭鼻」，英文稱之為 bulbous nose（球根狀的鼻子）。

skunks make their stinks　臭鼬放臭屁

　　鼬鼠自己怎麼認為且另當別論，但以人類的角度來看，臭鼬放臭屁乃不變的真理，任誰也不能否定、不能改變這個「事實」。

　▶ "He's what he is, and he kin't help it no more than t'sun kin help from risin or settin, no more than **t'skunks** kin help from **makin their stinks**, an no more than ya kin help bein what ya are." ——*Heaven*, V. C. Andrews, Pocket, 1985（「他就是他，誰也無法改變。就像日出日落、臭鼬放臭屁的道理一樣，自己就是自己。」）

此原文帶有相當重的口語腔調。以下轉換為我們熟悉的普通英文。

　▶ "He's what he is, and he can't help it no more than the sun can help from rising or setting, no more than the **skunks** can help from **making their stinks**, and no more than you can help being what you are."

skunk 一字也含有「膽小鬼」之意，但就鼬鼠的立場看來，放臭屁乃是自我防衛的本能罷了，被人嗤之以鼻、嫌惡，實也

非牠所願吧！參照 Babe Ruth was a baseball player。

slam a door　用力摔門

　　突然發出巨響地用力關門，當然會使在座的每個人嚇一大跳，不過驚嚇的同時，卻也可以釐清一些模稜兩可的事情。如此的作法，對於和自己相關的人或情況的理解雖有些唐突意外，不過，終究可將事情弄得一清二楚。

　　▶For several moments Blue is so at a loss that he doesn't know whether to bend his head farther down and hide his face or stand up and greet the woman whom he now understands —with a knowledge as sudden and irrevocable as the **slamming of a door**—will never be his wife. ——*The New York Trilogy*, Paul Auster, Faber and Faber, 1986（有好一會兒，布魯完全茫然若失，不知自己是該更卑躬地低頭藏住自己的臉，或者起身向眼前這個女人打聲招呼。如同門被用力摔上一樣，他突然了解到一個無法改變的事實：她將不會成為自己的妻子。）

由此可聯想得知，slam the door in one's face（把門摔在某人臉上）是「斷然拒絕」的意思。

slap in the face　在臉上打一巴掌，賞耳光

　　打人耳光乃是當場侮辱對方的行為，所以可意喻「正面的侮辱，公然的非難」。對於被打的一方，此種天大的侮辱所帶來的精神創傷，可謂非比尋常。另外，經常會使用 a slap in the face to（對某某人的侮辱）的形式，to 的後面即接被侮辱

的人。

▶ "He's trying to give some legitimacy to his life and his affair with Soon-Yi. And he's also in love. It's got to be a **slap in the face** to Mia." ——*New York Post*, Dec. 24, 1997 (「他正試著為他的生命以及與順宜之間的婚外情合理化。他正在戀愛！這對米雅而言，可說是一大侮辱。」)

《聖經》裡的〈馬太福音〉說，But if any one strikes you on the right cheek, turn to him the other also.（若有人打你的右臉頰，就將左臉頰也給他打）。話雖如此，一想像兩邊臉頰雙雙被打的滋味，想必內心不好受吧！

slay the dragons　屠殺惡龍

《聖經》中，龍等於惡魔的化身。由此詞語中 dragons 的複數形可知，惡龍不僅一隻。由於要殺的惡龍為數可觀，可知實非一件易事。而人必須打敗的惡魔通常是駐在自己心頭的鬼魅魍魎，要除盡可說更是難上加難。

▶ Before devoting himself to public service, Ollie North may have to **slay the dragons** of his past. ——*Mother Jones*, May/Jun., 1994（在獻身公職之前，歐利・諾斯有必要理清自己的過去。）

另外，源自漫畫中人物的 Dragon Lady，已成為形容「令人招架不住的勇猛女人」（通常指亞裔女性）的代名詞。

slippery bar of bathtub soap　　滑溜溜的浴皂

相信每個人在洗澡時，都有過肥皂從手裡滑落的經驗。愈想握住滑溜溜的肥皂，就愈從自己的手掌心逃出。

▶ But overnight, victory, like a **slippery bar of bathtub soap**, had once again squirted out of Mondale's grasp.—— *Newsweek*, Jun. 18, 1984（但一夜之間，勝利就像滑溜溜的浴皂，再度從孟代爾手中溜走。）

日本人通常習慣先用肥皂洗身體之後，再進浴缸浸泡；歐美人士則多在浴缸裡抹肥皂，　或許這也是特別指名為 bathtub soap（浴缸肥皂）的原因。參照 trout。

small potato　　小馬鈴薯

若將一個馬鈴薯當作 1 美元，那麼 50 美元也只是五十個馬鈴薯而已。

▶ At 5:15 PM on Thursday afternoon the Los Angeles City Hall was rocked by a dynamite blast. A bomb had been planted in one of the downstairs restrooms. Nobody was hurt, and the damage was officially described as "minor." About $5000 worth, they said—**small potatoes**, compared to the bomb that blew a wall out of the District Attorney's office last fall after Salazar died. —— *The Great Shark Hunt*, Hunter S. Thompson, Fawcett, 1979（星期四下午 5 點 15 分，一顆定時炸彈的爆炸震撼了整座洛杉磯市政大樓。炸彈被裝設在樓下的一間化妝室裡。據官方說法：無人員傷亡，而損失

也很「輕微」。相較於去年秋天，沙拉查爾死後發生的地檢署辦公室牆壁爆炸案，他們描述此次約 5 千美元的損失只是「小馬鈴薯」而已。）

和 Lockhead（洛克希德）賄賂事件發生時被用以形容微小的損失而成名的 peanut（花生）比較起來，potato 的比例要大得多，所以才須加上形容詞 small 以表示「微不足道的金錢數目」吧！

smoke   煙霧

煙霧無形，飄浮不定。可以用來比喻過一天算一天，沒有方向、沒有指標的生活。

▶Our earlier life plays about our table as formless and whimsical as **smoke**. ——*The Pushcart Prize*, edit. Bill Henderson, Penguin, 1988（我們較早的生活就像煙霧一樣，無形、不定地飄浮在桌子四周。）

加不定冠詞 a 為 a smoke 後，變成「紙捲菸草」（或指大麻）；加定冠詞 the 為 the smoke 的話，則為「鴉片」之意。

snake's belly   蛇腹

蛇是用腹部在地面上匍匐蠕動地爬行。換作是人，恐怕一想到肚子必須接觸地面就已不是滋味了。

▶By the time she got through her tongue-lashing, I felt just about as low as a **snake's belly**. —— *The Incredible Colonel*, Harland Sanders, Creation House, 1974 （被她破口

大罵後，我覺得自己好像掉落到無底深淵，心情壞透了。）

換成 snake's hips（蛇的屁股）的話，則和蛇腹不同，被認為是了不起的東西，用以表示「出類拔萃的人」、「響叮噹的人物」。不過仔細想想，蛇的屁股到底在哪兒呢？

sneak through the bushes　嗅遍灌木叢各處

　　埋首灌木叢，不放過任何一處角落堅持到底的動物，終會找到獵物吧！投射到人身上，從旁觀看那至死方休的身影，雖不值得讚美，但好運似乎總會降臨在那種人的身上。

▶He looked just like one of those well-rounded opportunists who keep **sneaking through the bushes** to get their hands on Microsoft stock options. ——*Slate Magazine*, Nov. 19, 1997 （他看起來就像那些想盡各種辦法，企圖買下微軟公司優先股的精明投機份子之一。）

參照 beat around the bush, leave no bush unbeaten。

soak one's sofa　浸濕沙發

　　眼淚滂沱，潸潸而下，連用手帕、毛巾擦拭都來不及，於是濕透衣衿全身，進而浸濕了沙發座椅。

▶Others are whispering that creator Diane English and star Candice Bergen are busy setting up a sitcom finale that will have viewers **soaking their sofas**. —— *Drudge Report*, Nov. 15, 1997 （其他人正交頭接耳談論有關創作人黛安‧英格利許和演員甘蒂絲‧柏根，為了製作出讓觀眾大過淚

癮的情境喜劇的完結篇，現正忙著為情節加油添醋。）

例句中的 sitcom，為 situation comedy 的簡稱，指的是以喜劇手法描述日常生活主題的電視連續劇。其中最上乘之作，當然首推 *I Love Lucy*（我愛露西）。

soapbox　肥皂箱

　　原指裝肥皂的堅固木箱，然而，因為從前一些政治人物會站在箱子上進行街頭演講，故另外引申為「講臺」、「街頭演講，熱情的演說」之意。

▶Ireland has been criticized in the paper's letters section for using the media column as a political **soapbox**.──*New York*, Oct. 9, 1989（在報紙的讀者投書欄中，愛爾蘭被批評利用媒體的專欄作為抒發自己政治立場的講臺。）

▶His **soapbox** preaching rebounded against him, redoubling the calls for a new investigation.──*Time*, Apr. 8, 1985（他冠冕堂皇的說教回應到自己身上，反而增強了要求重新調查的呼聲。）

▶Fourteen years later, Jane Doe is still a combatant in the fight over abortion—but she's dropped the pseudonym and taken to the **soapbox**.──*New York*, Sep. 17, 1990（十四年後，珍‧朵仍是墮胎議題的鬥士。只是她現在不再用匿名，而堂堂地在大眾面前舒展辯才。）

一般泛指在街頭展開辯論的人為 soapboxer，若其中有人辯才無礙，深受崇高的評價，則尊奉為 soapbox orator（肥皂箱雄

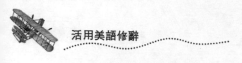

辯家)。

solve an algebra equation by chewing bubblegum　嚼泡泡糖以解代數問題

　　單憑嚼泡泡糖是不可能解決代數問題的。若這種三腳貓功夫有效的話，那麼數學這門學問可能早就不存在了。

▶ Don't worry about the future. Or worry, but know that worrying is as effective as trying to **solve an algebra equation by chewing bubblegum**. ——*The Realist*, Autumn, 1997 (別為未來擔憂。若要煩惱也要有個底線，得先弄清楚煩惱就如同嚼泡泡糖解決代數問題般，終歸無用。)

若有人認為光煩惱就會有什麼好結果的話，那一定是 bubblehead (泡泡頭，喻傻瓜)。

sommelier　酒侍，上酒服務員

　　餐廳裡專門到顧客桌前介紹酒類或接受詢問的人，常會給人一種沈著冷靜、細心謹慎、值得信賴的印象。

▶ In the spirit of celebration, King, a 34-year-old from Puerto Rico, removes a tube of glue from his pocket with the care of a **sommelier**, sniffs it and passes it around. ——*Newsweek*, Feb. 2, 1987 (帶著興高采烈的心情，這位出身波多黎各，現年 34 歲的金恩先生，像餐廳裡的酒侍般，謹慎地取出口袋裡的一條強力膠，聞過之後，把它傳給大家。)

sommelier 源自法文 (原意為替客人調配馬車的人)，英文中

並無同樣的說法。酒侍一般都是由男性擔任，不過，女性上酒服務員也會慢慢出現吧!

sparrow　麻雀

麻雀到底是肥還是瘦呢? 看見冬天圓滾滾的麻雀忙著轉來轉去啄食地面食物的景象時，實難聯想起瘦弱可憐的麻雀意象。不過一般而言，麻雀仍為瘦小、惹人愛憐的表徵。

▶She is described as depressed though not despondent, apprehensive about the trial beginning this week, plagued with menstrual problems, eating little and shredding pounds from her **sparrow**-thin frame. ——*Newsweek*, Feb. 2, 1976（據描述，雖然她不沮喪但顯得憂鬱，正為這個星期開始的審判感到不安，加上生理不順帶來的不適，導致胃口很差，瘦弱的骨架因而更加消瘦好幾磅。）

sparrow 不僅意指麻雀，也被用為小型鳥類的總稱，故最適切用來形容纖細瘦小的人。

spoon-feed　用湯匙餵食

除了嬰兒之外，通常只有生病的人才會讓人用湯匙餵食。若已不再是嬰兒的健康孩子還要人餵的話，就有被過度保護之虞。過度寵溺，害的是孩子。而且，若已成年還被當作小嬰孩對待的話，問題可就更嚴重了。

▶Journalists get leaked good stories, politicians get to justify their existence, the ideological mercenaries who **spoon-feed**

reporters much of their information get quoted. —— *Hot Wired*, Jun. 26, 1997（新聞記者獲得外洩的好題材，政客們可以使自己的存在正當化，而那些經常提供記者訊息的政治理論家也增添了引用的內容。）

不過，確實有些人在出生前，就注定了被寵愛的命運，他們是一群好命的人，稱為 born with a silver spoon in one's mouth（啣著銀湯匙出生，即出生於富貴之家）。

spring night　春天的夜晚

一元復始、萬象更新的春天，是青春的象徵。加上限定為 night（夜晚）而非 evening（傍晚），益發暗喻著春天裡散發出來的誘人、旺盛的性感魅力。

▶And Roxanne, who was as young as a **spring night**, and summed up in her own adolescent laughter. ——"The Lees of Happiness," F. Scott Fitzgerald, 1920（而羅珊娜，散發著有如春天夜晚的青春魅力，以她那青春少女的笑聲訴說了一切。）

初春期的少女少男，正值多愁善感的年紀，容易恍惚懵懂，只想隨著時間的腳步漫無目的的行走，此種青春熱病稱為 spring fever。不過，這種春愁好像和今天的年輕一輩無緣。

steak and salad　牛排和沙拉

牛排為主菜的地位是沙拉所無法取代的。兩者各司所職，各有其不同的地位、功能，無法任意改變。雖同為進貢五臟

廟的食物，卻有著完全不同的價值和意義。

▶Their view of the world was as different from mine as **steak** from **salad**. —— *The Fearless Spectator*, Charles Mc-Cabe, Chronicle Books, 1970（他們所持的世界觀和我的是如此迴異，有如牛排和沙拉完全不同。）

現在一般先上生菜沙拉，然後再上主菜的牛排。以前則是在吃過油膩的牛排後，再吃生菜沙拉爽口。不過，無論用餐順序為何，生菜沙拉是永遠無法取代牛排的主菜地位。

storm has passed and knocked one dull 暴風雨過境，將人襲倒

有如颱風肆虐之後，樹木東倒西歪、地面一片凌亂的景象，看到後，容易令人悲觀與絕望。

▶The killer was in his recliner chair. He looked like he was just waiting for all this to be over. He wasn't weepy. He seemed altogether without emotion, crashed, like a **storm had passed and knocked him dull**.——*Rolling Stone*, Mar. 1, 1984（這位殺手坐在他的躺椅上，看來像在等待一切的結束。他並沒有含淚悲傷，只是好像不再有任何情感，整個人像被暴風雨襲擊過後一樣，完全癱瘓。）

knock one dull 照字面直譯的話，為被某人打倒 (knock) 後，人變得失意沮喪 (dull) 之意。另一個句型 knock them dead，不是指把某人打死，而是演說家或舞臺演員以名嘴或生動的演技深深迷倒觀眾，令人嘆為觀止的意思。

stone 石頭

石頭堅硬，因此可以用來強調絕對性，不容許任何的妥協，有極端性之意。

▶ "Looking at that big heavy machine, I found out I didn't really believe in the scientific principles of flight and was suddenly **stone**-cold sober for the first time in a week."——*Undercover*, Donald Goddard, Dell, 1988 (「看著那個又大又重的機器，我發現到自己並非真正相信飛行的科學原理，一個禮拜以來，第一次感覺到突然從極冷的醉夢中清醒過來。」)

stone blind（全瞎的，爛醉的），stone broke（一文不名的），stone dead（確實是死的），stone rich（極富裕的人）等都是和 stone 相關的片語。參照 rock。

straight arrow 筆直的箭

不偏不倚、不歪不斜、往前直行的飛箭，可以用來比喻不受任何誘惑、勇往直前、率直認真的人。

▶ During one interview, he called in his wife to corroborate that he is now strictly a **straight arrow**. "Honey, there's a reporter here who thinks I'm a swinger. What do you think?"——*Esquire*, Jun. 19, 1979 (在一個訪問中，他為了證明自己現在是個直如箭矢般認真端正的人，喚來他的妻子問道：「老婆，這個記者認為我是個花心的人，妳認為呢?」)

美國人認為，一個半途走上歧路被送進監獄的人，若出獄後改過自新重新做人 (go straight) 的話，一切罪過可以既往不咎。另請參照 arrow。

straitjacket　緊身衣

被指定寫幾行幾個字的作家，以及被規定幾秒鐘內必須講幾個字的播音員，就和身上穿著緊身衣、手腳被限制、無法自由行動的犯人一樣，有著相同的命運。

▶ There are some first-rate reporters in local news, some talented producers struggling to force sense and wit into the **straitjacket** of a 90-second piece, and there is some balanced coverage—especially in the longer evening broadcasts. —— *New York*, Oct. 9, 1989（地方新聞並非缺少第一流的播報員，或有才能的製作人，只是他們必須死命地將判斷力和機智擠進短短的 90 秒內，並特別選擇在較長的晚間新聞播放一些較安定和諧的報導。）

此字為意味窒息、狹隘的 strait 和 jacket 組成的複合字。strait gate 則為字面「狹隘的門」之意。

straw　稻草

人在溺水時，為求生存下去，會不管摸到什麼東西都緊抓不放，怎奈此時漂來的，僅是幾根稻草，根本無濟於事。柔弱的稻草只給人不足依賴、無啥價值、卑賤的印象。

▶ Some gunrunners prefer to hire one or more "**straw**

buyers", local Southerners paid as little as $100 for the use of their legitimate IDs to make the purchases. ——*Time*, Feb. 6, 1989 (一些槍械走私集團喜歡雇用一或數個「人頭買家」，花費 100 美元左右的微薄小錢，借用當地南方人的合法身分證，以利收購武器。)

稻草人稱為 straw man，另有「不可靠的人」、「不存半毛錢的窮光蛋」之意。

string bean　菜豆

細長捲曲的菜豆，正貼切地形容人又瘦又高的樣子。

▶For thirty-nine years this scholarly, bespectacled **string bean** of a man served Philadelphia Jewry with love and devotion.——*The Course of Modern Jewish History*, Howard M. Sacher, Vintage, 1990 (這位具學者風範、身材細瘦高挑、戴著眼鏡的人士，以愛和奉獻的精神，為費城的猶太人服務了三九年之久。)

▶"Hi, I'm Pete," said a gawky **string bean** of a guy with uncontrollable limbs, a terrified grin, and eyes that stubbornly refuses to focus on anything.——*New York*, Aug. 20, 1990 (「嗨！我是彼特，」一位傻裡傻氣、身材細長高瘦的男人說道。他手足無措地發出怯生生的笑容，而目光也頑固地拒絕將焦點集中在某處。)

參照 rail, toothpick。

stub　樹樁

　　長途跋涉後，會感到腳有些發冷發麻，日本人會將此時酸疼的腳比喻為像原木一樣，不過，歐美則以 stub（樹樁）形容。兩個形容用語在比例上有相當大的差別。

▶ When I jumped to the ground my legs was so cold they felt like **stubs**. There weren't no feelin' in them.──*The Incredible Colonel*, Harlan Sanders, Creation House, 1974（當我往下跳到地面時，我的腳是如此地冰冷，像個樹樁一樣，完全沒有感覺。）

和前項的 string bean 正好相反的「肥矮短小的人」（特別是指年輕人），也叫 stub。

stuffed to the eyeballs　令眼珠撐飽

　　在日本，也頂多用脹到喉嚨來比喻一個人吃得很撐的情形。而美國人用此形容「吃得過飽」的想像力，很令人瞠目結舌。

▶ "I'm **stuffed to the eyeballs**. That was a wonderful lunch, Iduna."──*Vane Pursuit*, Charlotte Macleod, Mysterious Press, 1989（「我已經吃得很飽了！這真是一頓豐盛美味的午餐，尹都娜。」）

「令眼珠撐飽」的比喻，其實只是在說 I've stuffed myself with food, and I'm full.（我吃了好多東西，真的好飽）。

subscription to *The Economist*　訂閱《經濟學人》雜誌

　　形容人做無謂的浪費有很多種說法，這只是其中之一。英國出版的《經濟學人》雜誌，乃經濟學刊中的權威，同時還具備綜合性雜誌的性質，為極其深入且專業的雜誌，所以普通大眾是不可能訂購。若有，只是無謂的浪費錢罷了！

　▶The crackheads would no more waste money on barbecue than on a **subscription to The Economist**. —— *Newsweek*, Nov. 28, 1988（有毒癮的人是不會像訂閱《經濟學人》雜誌一樣，把錢浪費在無謂的烤肉上。）

例句中的 crackhead，意指因常吸食 crack（劣質古柯鹼）而無法自拔的人。同時，也可以等同 crackbrained（瘋狂的，愚蠢的）之意，當形容詞用。

sunrise　朝陽，日出

　　日出的時間是老早就天注定好的，太陽公公不可能偷懶，不在正確時間升起。

　▶Suwelo had never eaten so well in his life: three huge meals a day, brought to the door as punctually as **sunrise**.——*Temple of My Familiar*, Alice Walker, Pocket, 1989（蘇威羅一生中，從不曾吃得這麼好。一日三頓大餐像太陽升起一樣，準時送到門前。）

sunrise 當然具有「升起」的意涵，其中如 sunrise industry（朝陽工業）是指應用尖端科技的新興產業。相反地，則為 sunset industry（夕陽工業）。

sunshine after the rain　雨後的陽光

雨過天青，太陽從雲間露臉，瞬間，大地四處充滿燦爛的光輝。此時洋溢的幸福感覺，是千金難買，沒有任何東西可以取代的。

▶Occasionally Keith would reach to rock the cradle, and that would make her smile, a smile of such disarming sweetness you'd do anything just to see that smile come out like **sunshine after the rain**.——*Heaven*, V. C. Andrews, Pocket, 1985（基茲偶爾伸手晃動搖籃，每每使她笑容綻放。那毫無防備的笑容是如此甜美，使人願意以一切代價換取那如雨過天青後燦爛陽光的笑顏。）

有些父母會為小女兒取個 sunshine 的暱名，期待她是個照亮周遭、帶來歡笑的小孩，有如光輝燦爛的「小太陽」。

swamp haunted by malaria　籠罩毒氣的沼澤

毒氣肆虐、蔓延整個泥沼，使得沼澤一帶充滿死寂、了無生氣。

▶But the page was **haunted** by an endemic dullness, as a **swamp** is **by malaria**.——*The Press*, A. J. Liebling, Ballantine, 1961（但這一頁瀰漫著一股特有的死氣沉沉，有如被毒氣籠罩的沼澤。）

haunted 為被不祥、不吉利之物纏身而揮之不去、逃脫不了的

狀態。另外，haunted house 意指「鬼屋」。

swan among geese　鵝群中的天鵝

當天鵝的優美姿態混在普通平凡的鵝群時，一定很引人注目，如同「鶴立雞群」之意。

▶Freshly painted, a gleaming black, it moved like a **swan among geese**: "A car must be like a woman, sleek and glossy, absolutely gorgeous," Hawkeye said. "Or else it's diseased to drive."——*New York*, Dec. 24, 1979（剛烤過漆、閃閃發光的黑色車身，如鵝群中的天鵝般移動。「車子要像女人漂亮，絕對必須炫麗，」霍克愛說道，「不然，坐了會生病!」）

有如天鵝優游於水面一般，悠閒的漫遊之旅稱為 swan around。

swan song　天鵝之歌

據說天鵝通常不會唱歌，一生唯有臨死前才唱離別曲。因此，相當於形容人在世前最後的作品或臨終之言。

▶Then, a bare 90 minutes after the vote, McNamara bustled into the Pentagon's TV studio to read his **swan song**.——*Newsweek*, Dec. 11, 1967（接著，在投票結束短短的 90 分鐘後，麥克那馬拉匆忙地趕進五角大廈的電視攝影棚，發表最後的聲明。）

由此另外引申，稱呼詩人、歌手為 swan。也因此，在 Stratford-upon-Avon 出生的莎士比亞被稱為 the Swan of Avon（亞芬的天鵝）。

table　桌子

暫時保留問題不去解決或處理時，在日本會用「擱上架」來比喻；而在英語中，也可用 shelf（架子）的動詞形 shelve（把…放在架子上）來比喻「擱置，束之高閣」之意。不過另外，或許歐美生活上與桌子密切相關的緣故，當不想或不願處理某事時，他們也會用「擱在桌上」來形容。

▶ *The Washington Post* says the meetings simply **tabled** until next year the issue of whether and how the world's poorer nations would participate.——*Slate Magazine*, Dec. 12, 1997
（《華盛頓郵報》報導說：會議將全世界發展中國家的參加與否以及如何參加等問題，單純地擱置到明年。）

當議會要將議案的審議延期或擱置時，美語有 lay on the table（放在桌上）的說法；事物被擱置時，則改用 lie on the table（被擺在桌上）敘述。

take aerobics　做有氧運動

隨著輕快的節奏做有氧運動，表面上看似跳得輕鬆愉快，

實際上，對身在其中的本人而言，卻是超越痛苦的挑戰。因此，可以用來形容強顏歡笑的背後是暗自流淚；華麗的外表下所隱藏的，其實是地獄般的磨難。

▶Some loaners found working at *USA Today* nearly as strenuous as **taking aerobics**.──*The Making of McPaper*, Peter S. Prichard, St. Martin's Press, 1987 （一些支援的人員認為，在《今日美國》報社工作就像做有氧運動一樣，表面輕鬆，骨子裡卻相當折騰人。）

例句中的 loaner，原本是車子等物品送修時，暫時借用的「替代品」，在此指從其他報社暫借支援的人才。

tell a nun all about sex　對修女大談性愛

　　想要談論性愛方面的話題時，必須對有興趣、有心了解的人講才有意思；若對那門子的事既無興趣又不可能付諸實行的人（如修女）談，簡直就是「對牛彈琴」。

▶But he was bothered by their naivete in financial matters, and finally begged Smathers to sit Jack down and explain "the facts of life," the way people normally dealt with finances. But this was, as another friend said, "like trying to **tell a nun all about sex**."──*The Kennedys*, Peter Collier & David Horowitz, Warner, 1984 （但是，他被他們無知的財務問題煩擾到最後，終於拜託史馬瑟司向傑克解釋「人生的真實面」，即一般人處理財務問題的方式。不過這種作法，就如另外一位朋友所說的：「像在對修女大談性愛」，根本就是

對牛彈琴。）

上例中提到的 facts of life 片語，含有「與性有關的常識」之意，正與後面的 tell a nun... 一詞語前後呼應。

tennis ball　網球

　　網球隔著中間的網,正一來一往地穿梭在雙方選手之間，好像才飛來這邊，一眨眼又到對面去了。

　　▶During the next two years, the case went back and forth from court to court like a **tennis ball**.——*Two-bit Culture*, Kenneth C. Davis, Houghton Mifflin, 1984 (之後的兩年內，此案例像網球一樣，來往穿梭於法院之間。)

此例句用網球比喻的原因，在於 court 一字本身含有「法院」和「網球場」的雙重意義。故以球在球場間飛過來、飛過去 (court to court) 的用語，　貼切地比喻案例往返於法庭之間 (court to court) 的情形。

tennis court　網球場

　　一看到長方形、寬廣的空間，總讓人聯想起網球場，更進而誇張地發出「這空間大得像網球場一樣」的驚嘆。

　　▶"There are only two bedrooms, but the master bedroom has a Hollywood bed that looks as big as a **tennis court**."——*Poodle Springs*, Raymond Chandler and Robert B. Parker, Futura, 1989 (「雖然只有兩個房間，不過在主臥室裡有一張好萊塢電影中常見的大床，大得像座網球場。」)

若大張床可以譬喻成網球場，那麼狹窄難以伸展身體的床，是否可說成 as narrow as a tomb（像墳墓一般狹小）呢？實際上，narrow bed 指的就是「墳墓」。

tempest in a teapot　茶壺中的暴風雨

　　茶壺裡，當然也會起狂風暴雨！剛煮沸、熱騰騰的滾水和茶葉之間交相爭戰、激烈對峙後，才泡出一壺色美甘醇的好茶。而傲慢的人們常視之不起眼、不以為意。反過來不禁要問，人真的有如自己所想像的那麼偉大嗎？

▶With English as the default language of commerce and student homepages, the world-wideness of the Web has been obscured by a front end that mostly talks American, and all too often obsesses about **tempests in** Yankee **teapots**. —— *Wired News*, Dec. 26, 1997（由於英語為企業界和校園網路首頁的預設語言，使得全球資訊網〔www〕受大多仍停留在初期階段的美國式對談所困擾，局限在狹隘的世界裡紛爭不休。）

形容由無謂的小事所引起的大爭吵、內訌時，大家會習慣以 storm in a teacup（茶杯裡的暴風雨）來形容。但 tempest... 一詞語因誇張地強調惹人厭煩的感覺，故較適合於渲染、誇大時使用。

Texas　德州

　　在阿拉斯加升格為州以前，美利堅合眾國是由五十個州組成，德州原是其面積最大的一州。一直到現在，有些美國

217

人還是認為阿拉斯加對他們遙不可及，甚至有的人還不知道阿拉斯加州這個地方。因此，只要聽到「德州」，普遍地自然會令美國人聯想起「大得不像話」的印象。

▶The **Texas**-size roulette wheel on the show lights up like the Las Vegas Strip when contestants hit it big.——*People*, Apr. 1, 1985（只要參賽者一答對題目，猜謎秀裡的巨大輪盤就閃動如拉斯維加斯大街般的亮光，光彩奪目。）

另外，從過去迄今，美國面積最小的州為東海岸的 Rhode Island（羅德島）。不過，卻不見此島名用於比喻什麼事物，可見對美國人而言，小東西不太具有任何意義。

third rail　第三條軌道

電車靠架在空中的電線所輸送的電力發動引擎，以帶動車身行走。因此，除了地面上的兩條軌道之外，還需要一條電流流通的「軌道」。此「第三條軌道」和前兩條性質迥異，乃危險之物。若隨意碰觸，還會導致死亡。當然，更沒有人敢靠近一步。

▶In Washington, the social-security system has long been feared as the "**third rail**" of American politics: touch it and you're dead.——*Newsweek*, Feb. 5, 1990（在華盛頓，社會福利制度長期以來被視為美國政治的「第三條軌道」：有著一碰即死的絕對禁忌。）

說到 third，另有一個比第三條軌道更恐怖之物，那就是 the Third Reich（第三帝國；納粹德國）。

three-dollar bill 美金 3 塊錢的紙鈔

　　和沒有臺幣 300 元鈔票的道理一樣，在美國，當然沒有美金 3 塊錢的紙鈔。若有，反倒是奇怪至極。

▶ "But Sissy wasn't the kind of Savitch that the boys were. We called her a **three-dollar bill**." ——*Golden Girl*, Alanna Nash, Signet, 1988 (「但是，希西並不像這些男孩子一樣帶沙維奇風，我們說她是『3 塊錢紙鈔』。」)

▶ In fine, the scented male was held to be as queer as a **three-dollar bill**. —— *The Fearless Spectator*, Charles McCabe, Chronicle Books, 1970 (簡要地說，噴香水的男人被認為和 3 塊錢紙鈔一樣詭異。)

第二個例句中的 queer 指的是同性戀者，three-dollar bill 也有「同性戀者」的意思，因為一般人的性別非男即女，故「第三性別」乃超乎尋常之怪事。

three sheets to the wind 風中飛舞的廣告單

　　廣告單通常摺成三摺，當這樣的廣告單飄揚在風中時，可以用來譬喻人正處於什麼樣的狀態中呢？

▶ "What're you doing?"

"Going to bed..."

"Wait, I'll help you undress," she said. "You're **three sheets to the wind**."——*The Outsider*, Richard Wright, Perennial, 1953 (「你在做什麼?」「準備睡覺⋯⋯」「等等，我幫你脫衣服，」她說。「你已經醉了。」)

若更強調地說 four sheets to the wind（風中飛舞的四摺廣告單）的話，可能就到了醉得不省人事的異常狀態了。

throw in the towel　丟入毛巾

　　雖然拳擊賽中尚未被對手擊倒，但若一方助手判斷已無勝算時，可在賽程進行途中，將毛巾丟進比賽場內向對手表示「投降、認輸」。

▶ "The main reason people **throw in the towel**," she says, is that "they can't get their equipment to work."──*USA Weekend*, Feb. 25, 1996（「人們中途放棄的主要原因，」她說，「在於他們無法使自己的裝備正常運作。」）

也可說成 throw in the sponge（拐掉海綿），這是由於毛巾和海綿兩者都是拳擊手在每一回合結束時，擦拭全身汗水的必需品。

thumb one's nose　大拇指抵在鼻上

　　這是大拇指抵在鼻上，而其他四隻指頭全開的手勢，用來比喻輕蔑對方或公然挑釁之意。

▶ *The Washington Post* story keeps hitting current geopolitics, mentioning that as the ceremonies were unfolding, "Saddam Hussein was again **thumbing his nose** at the United States," ──*Slate Magazine*, Nov. 7, 1997（《華盛頓郵報》不斷抨擊地緣政治學的現狀，並指出，隨著態勢的逐漸明朗化，「海珊再度公然向美國挑釁。」）

若是只豎立拇指並握緊其他四隻指頭，即 thumb a ride 的話，則為搭便車時「拜託，請載一程」之意的手勢。

thumbnail 　大拇指的指甲

當我們舉起拇指時，表達的是自滿、傲人之意。但若只是指甲，則另當別論。如「大拇指指甲般的大小」，僅為「極少量、些微」之意。

▶ As a result, not all that much is known about the defendants apart from the **thumbnail** sketches offered by the daily papers after the crime. —— *New York*, Aug. 14, 1989（結果，除了日報上所刊載犯罪後的簡略報導之外，加害者的其他事情就一無所知。）

▶ The **thumbnail** explanation of global warming *the Post* provides in its lead coverage is odd: the only dangerous effect of warming it mentions by name is the possible spread of malaria to colder climates, nothing about another Ice Age. ——*Slate Magazine*, Dec. 2, 1997（《郵報》雖在頭條新聞中，簡單地針對地球溫室效應問題做了說明，然而其說法卻相當令人費解。唯一一項被點出之溫室效應可能造成的危機，只是瘧疾可能往氣候較冷的區域擴散，完全沒提到冰河期可能再來的問題。）

前例中提到的 thumbnail sketch（拇指素描），是指在畫紙上用拇指尖搓揉蠟筆以畫出大概輪廓的素描手法，可引申為簡略描述之意。

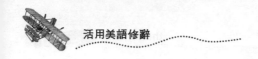

thunder 雷

由雷雨前翻湧滾動的漆黑烏雲的印象，讓人認為雷是黑色的，而且是伸手看不見五指的漆黑。

▶ To the south an immense archangel, black as **thunder**, beat up from the Pacific. —— *Under the Volcano*, Malcolm Lowry, Signet, 1947（在南方，一位如雷般漆黑巨大的大天使，從太平洋漩渦中緩緩升起。）

另外，若想以較委婉的方式表現 hell（地獄）的字眼時，可用 thunder 代替。比如 Go to thunder! 聽起來要比 Go to hell!（下地獄去！）的口氣「柔和」些。

tin can 洋鐵罐、罐頭罐

小孩踢空罐，純為無心之戲；換作大人，反覆地踢什麼會有如踢空罐一樣呢？

▶ "He kicks around an idea like a **tin can** until he's got it." ——*The Chronicle*, Oct. 30, 1997（「他一有任何點子，就會像踢空罐般，反覆地咀嚼思考。」）

tin can 另有「軍艦」的意思，此意思和馬口鐵製成的玩具軍艦之意，可以疊合成一語雙關的雙重幽默語感。

tin ear 洋鐵皮耳朵

再怎麼優美的音樂，洋鐵皮的耳朵也無法接收。換言之，可用來比喻「音癡，走調」之意。

▶ In *The Washington Post* and *The New York Times* and *USA Today* stories, the juxtaposition of these expressions of dissatisfaction with President Clinton's remark that the verdicts "should offer a measure of comfort" makes Clinton look particularly **tin-eared**.——*Slate Magazine*, Dec. 24, 1997 (《華盛頓郵報》、《紐約時報》及《今日美國》等各大報所刊載的不滿意見，與柯林頓總統所宣稱該判決「應有相當程度的紓解」的看法，兩相對照之下，柯林頓的言論就顯得格外荒腔走板。)

拳擊手被對手嚴重毆打後變形的耳朵，叫作 cauliflower ear（花椰菜耳朵），不過有時也可以用 tin ear 形容。

tombstones in a churchyard 教會基地裡的基碑

　　西方的基碑小小的，和東方不同，像是只稍微露臉般地並排在地面上，不會讓人有碑石林立的感覺。一般來說，cemetery（公墓）地域較寬闊，基與基之間也較為疏散；而教會裡的基地由於原本土地就較狹窄，故基碑緊密排列，由此景象，很自然地讓人聯想起並排的牙齒。

▶ She grinned, all those big teeth looking like **tombstones in a churchyard**. —— *She Came to the Castro*, Mary Wings, Berkley, 1998 (她露齒微笑，可以看到一顆顆大牙齒整齊地排列，就像教會基地裡的基碑。)

grave 和 tomb 指的都是基地，但前者指的是埋葬的場所，感覺較為含糊，後者則明確給人立有基碑 (tombstone) 的基地印象。

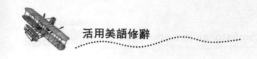

toothpick　　牙籤

說女人「瘦得像支牙籤」，的確要比「骨瘦如柴」來得嚇人。

▶Meanwhile the woman was telling her, "I despise how everybody tries to look like a **toothpick** nowadays." ── *Breathing Lessons*, Anne Tyler, Berkley, 1988（同時，那女人告訴她，「我真受不了現在的每個女人都試著想要瘦得像支牙籤。」）

參照 rail, string bean。過度瘦的話，就變成 skeleton-thin（瘦如骸骨）了。

treat with kid gloves　　手戴小羊皮手套細心處理

小羊皮做的手套和牛皮或豬皮不同，質地柔軟，戴起來很舒服。因此，戴上那樣的手套小心撫摸東西的模樣，可以用來比喻細心、謹慎處理重要事物的態度。

▶While people yelled at and felt intense passion with Pat Scott, just a few hours before, this guy from *Time* was **treated with kid gloves**.── *Z Magazine*, Oct., 1997（人們群情激憤，對著派特·史考特叫囂咒罵，很難想像幾個小時之前，這位時代雜誌的記者還受到貴賓般的款待。）

相反地，疏忽怠慢的對待則為 handle without gloves（不戴手套而隨便處理）。

224

Trojan horse　特洛伊木馬

特洛伊戰爭中，希臘軍故意在特洛伊城牆外留下一巨大的木馬後，佯裝撤退。不知木馬內潛藏士兵的特洛伊軍，是夜將木馬拖入城內。於是，埋伏木馬內的希臘軍趁機一躍而出，開啟城門、迎領友軍入城後，終於大獲全勝。由此木馬屠城記的典故，引申為隱藏內心真正意圖而假借某物使對方掉以輕心的策略。

▶Little by little, the PC is creeping into the living room, using the TV box as its **Trojan horse**. At least that's what WebTV Networks appears to be doing when it debuts its second-generation system today.——*Wired News*, Sep. 16, 1997（個人電腦以電視螢光幕為其特洛伊木馬的方式，逐漸地潛入客廳。至少，今日第二代系統的網路電視網給人如此的感覺。）

在美國有種保險套以 Trojans 命名。試想若無法把「敵兵」封鎖在此「馬」內的話，後果可真不堪設想。

trout　鱒魚

鱒魚滑溜，若想赤手空拳捉鱒魚，鐵定三兩下就會被溜走，捉都捉不住。

▶These Democrats are as slippery as **trout**. Just when you think you have deciphered what they are doing, you discover that their motives have unsuspected coils.——*Newsweek*, Jul. 16, 1984（這些民主黨員個個滑溜得像隻鱒魚。你好像才剛

了解他們現在的舉動，轉眼間，你又會發現他們的動機有多麼令人意想不到的迂迴。）

僅 slippery 一字，即可傳達出不可靠、不可信賴之意，但藉由點出鱒魚般的「滑溜」，更給人一種無法掌握的鮮明印象，使「滑溜有如鱒魚的民主黨員」的身影，清清楚楚地浮現在讀者面前。參照 slippery bar of bathtub soap。

twiddle one's thumbs　玩弄大拇指
　　不斷摳弄雙手拇指是一種無所事事、窮極無聊的動作。

　▶He said that the war had been a mockery, that everybody in America was **twiddling his thumbs** while a few artists and theorists in Europe were destroying the old order.──*Gloria and Joe*, Axel Madsen, Berkley, 1988（他說這場戰爭已經成為一個笑話。當歐洲一些藝術家和思想家正破壞舊有秩序的同時，美國人卻像摳弄拇指般閒著沒事。）

「無所事事地過了一天」，即可說為 twiddle away the day。

two peas in a pod　豆莢裡的兩顆豌豆
　　同一豆莢裡的豌豆若形狀大小不同，就可謂違反自然定律。而感情融洽似地共處一室、相貌相似的人，豈不就像豆莢裡的豌豆，一個樣兒。

　▶"Reagan and Ford are like **two peas in a pod**. They may see themselves differently, but here in Minnesota, we see them both as rock-ribbed Republicans."── *Time*, Nov. 24,

1975（「雷根和福特像豆莢裡的豌豆，一個樣兒。他們或許認為彼此不同，但在明尼蘇達州此地，我們認為他們兩人都是頑固的共和黨員。」）

另外，as like as two peas（像兩顆豌豆一模一樣）意指兩個長得很像的人。

ugly old woman 醜陋的老女人

並非忘記她的存在，反倒是意識到有這樣一個女人，不忍也不願回顧罷了！這可是醜陋老女人（老男人亦是）悲哀的宿命吧！beautiful old woman 則似乎鮮少聽聞，畢竟老的時候還能保持美麗，可是難上加難的事。

▶ "People were always treating Texas like an **ugly old woman**," says an oilman from Odessa. "Everybody knows it's there, but nobody gives a damn." —— *Newsweek*, Dec. 12, 1977 (「人們過去總把德州當醜陋老女人對待，」一位來自敖德薩的石油業者說，「每個人都意識到它的存在，卻都不屑一顧。」)

另外，old woman 有時和 old lady（老婆）的意思相通。不過，英文中，像「愚妻」等謙卑的用法並不存在，故千萬不可使用 my ugly old woman。不然，勢必將有一場無法收拾的家庭紛爭。

underwear size 內衣尺寸

相信每個人都知道自己的內衣尺寸，不過，任誰也絕對不會輕易告訴他人。和電腦傳訊的密碼同樣，只要自己知道就好。

▶Cemetery plots are personal, like your **underwear size**.
—— *Kathy Sue Loudermilk, I Love You*, Lewis Grizzard, Warner, 1979（公墓墓地就和內衣尺寸一樣，極為個人，非常隱私。）

在歐美，據說女人偷情一旦被發現，就會被迫只穿內衣袒露在大眾面前告白私情。可見內衣在西方和在東方一樣，同具禁忌性。

vanilla-flavored　香草口味的

　　一談到要買冰淇淋，一般人都會像反射動作般、不由自主地就點「香草口味」。故以此表示一些習慣性、標準的、不具任何變化的事物。

　▶For example, "**vanilla-flavored** wonton soup" means ordinary wonton soup, as opposed to hot and sour wonton soup.
　——*The CoEvolution Quarterly*, Spring, 1981（例如，所謂的「香草口味餛飩湯」，是指相對於酸辣餛飩湯的普通餛飩湯。）

過去，vanilla 曾被用來指「正點」的女人，近來，此比喻法轉了一百八十度，意義正好相反。

walk into a pizza oven   走進披薩烤爐

　　由於烤披薩的爐內熱氣猛烈，所以此詞語與「像在蒸籠裡一樣」的意思相通。

　　▶My office over the gas station wasn't air-conditioned. When I opened the door, it was like **walking into a pizza oven**. But it didn't smell as good. ──*Poodle Springs*, Raymond Chandler and Robert B. Parker, Futura, 1989（我的辦公室在加油站上面，沒有冷氣。每當我一開門，就好像走進披薩烤爐般熱氣騰騰。不過，卻沒那麼好聞。）

剛出爐為 hot from the oven。在上例，香噴噴、熱騰騰的披薩，確實是比麵包的比喻更合適。

wallpaper   壁紙

　　一般對壁紙的評價甚低。沒多大用途、只帶來麻煩的事物者，鐵定會受到「壁紙般的對待」。例如，根本沒人願意聽的電臺樂曲就是典型之一。

　　▶My first awareness of **wallpaper** music occurred about

twenty years ago. Ten of us entered a restaurant late at night. We were the only patrons. Music, sweet and loud, was being piped in. Conversation was impossible. The hostess, on being asked to turn it off, was indignant. ——*The Great Divide*, Studs Turkel, Avon, 1988（大約二十年前，我首次意識到有如壁紙般惹人厭的音樂。當時我們一行十人在深夜裡進到一家餐廳。除了我們，沒有別的客人。餐廳裡大聲播放著柔美的電臺樂曲。然而，聲音之大使得我們根本無法交談。當我們要求女服務生關掉時，她卻氣得火冒三丈。）

偽鈔本身就是 wallpaper，由於不能當真鈔使用，所以除了當壁紙外，還真是別無其他用途。

wallpaper paste　　壁紙漿糊

由前項得知，一般對壁紙的評價極差，至於貼壁紙的漿糊呢？很明顯地，也好不到哪裡去。

▶ On occasion he would tour a KFC franchise and, if dissatisfied, tell newsmen that, say, the mashed potatoes tasted like "**wallpaper paste**." ——*Time*, Dec. 29, 1980（有時，他會造訪肯德基炸雞的連鎖店，要是有所不滿，就對新聞記者說，這馬鈴薯泥嚐起來像「壁紙漿糊」般諸如此類的話。）

至此，想必大家對 paste walls with paper（貼壁紙）已抱有相當的反感吧！

warm bath　熱水澡

　　洗個熱水澡可以令人筋骨鬆弛、全身舒暢、心曠神怡。浸泡其中，讓人流連忘返不已。並非有意推託不走，只是太過舒服而無意離開。

▶"Marshall McLuhan once said people don't read the morning paper; they slip into it like a **warm bath**. A lot of people don't like to see colors; it's not a familiar warm bath." —— *New York*, Oct. 6, 1997 （「馬歇・馬克爾翰曾經說過，人們並不是真的在看早報，他們只不過像洗熱水澡般，讓自己滑進報紙堆裡。至於許多人之所以不喜歡看彩色版面，是因為他們不習慣泡那個熱水澡。」）

另外，有句 He took a 5-million-dollar bath. 並非指洗了個價值 5 百萬美元的澡，而是指「損失 5 百萬美元而破產」的意思，可以想像這個「熱水澡」洗得可真是淒慘。

warm treacle on a cold day　寒日中的暖糖蜜

　　冬天寒冷的日子裡，舔著剛溫熱的香甜又滑潤的糖蜜，其窩心之至，可以使人全身筋骨酥軟、心神放鬆，幸福極了。

▶He was trying to be soothing like **warm treacle on a cold day**, but the jiggling tassels on his loafers betrayed him. ——*New York*, Nov. 16, 1981 （他試著像寒日裡的暖糖蜜窩人心扉；然而，在休閒鞋上搖晃的流蘇卻背叛了他。）

在美國，單數形的 molasses 也被當作與 treacle 同義使用，如 molasses candy, molasses cake 等用法。

233

watch haircuts　看人剪髮

　　站在一旁看理髮師剪人頭髮時，應該會感到相當刺激有趣，也令人心裡躍躍欲試。

▶ Once upon a time book retailing was about as exciting as **watching haircuts.**——*Time*, Oct. 30, 1978（很久以前，賣書就像看人剪髮一樣，是件刺激有趣的事。）

和 watch fishing（看人釣魚）比較起來，哪種比較有趣呢？應該是看人剪頭髮吧！畢竟魚不容易釣，需要耐心等候；但煩惱絲可以剪得快，又可以欣賞到不同的髮型。

water surrounds fish　被水包圍的魚

　　魚在水中，不自覺自己被水包圍。不在水中的我們看得到水，而魚卻看不到、意識不到。

▶ To psychologist Paula J. Caplan, these portrayals of mothers are anything but laughable anachronisms; they are part of a widespread attitude of mother-blaming that surrounds us as invisibly as **water surrounds fish.**——*Psychology Today*, Sep., 1989（對心理學家寶拉・蓋普倫而言，這些母親的畫像絕對不是可笑、過時的東西，而是我們置身其中卻看不到、意識不到，廣泛歸咎母親態度的一部分。）

換作魚的觀點，人則成為被空氣包圍、無法自由行動的可憐動物吧！而同樣地，人當然也不自覺。

wealth of Saudi Arabia　沙烏地阿拉伯的財富

　沙烏地阿拉伯的財富之多，絕非我們所能想像。對普通人而言，更是伸手莫及、難以擁有。

> ▶ I'm fascinated by the liberty to taste at will, but it seems no more available to me than the **wealth of Saudi Arabia.**——
> *Esquire*, Feb., 1984（我雖嚮往隨心所欲的自由，但那對我來說，有如沙烏地阿拉伯的財富一般，遙不可及。）

至於 wealth of Japan（日本之富）又如何呢？很明顯地，是一場不可靠、捉不住的幻夢，故或許也可說成 as unreliable as wealth of Japan（和日本的財富一樣不可靠）吧！

wedding cake in a bakery window　麵包店櫥窗裡的結婚蛋糕

　純為吸引顧客眼光的結婚蛋糕，粉飾豪華、外表鮮麗，然而，卻敗絮其中、裡外迥異。

> ▶ But New York is the **wedding cake in a bakery window**: an exquisite excess of spun sugar covering a cardboard core. ——*Time*, Nov. 30, 1987（但是，紐約就像是麵包店櫥窗裡的結婚蛋糕：過度講究的棉花糖所掩蓋的，只是個空紙盒。）

須留意和 beyond one's reach（高不可攀，力所不及）的意思不同。

weighty sack of flour　裝滿麵粉的布袋

一般用白色布袋裝麵粉，而裝滿細白麵粉、雪白飽滿的布袋，會呈一柔和的弧形曲線，用來比喻白人大腹肥胖的樣子最為適當。

▶He's sprawled from the center of the couch on out to the ends, his meaty arms flung over the back of the couch, his huge beer gut, like a **weighty sack of flour**, billowing out in front of him and swooping smoothly down to his pinched crotch, where enormous red legs merge like turnpike ramps.
——*Continental Drift*, Russell Banks, Ballantine, 1985（他全身從沙發椅正中央向左右兩邊伸攤，肥碩帶肉的臂膀拋甩在椅背上。那巨大的啤酒肚像個裝滿麵粉的布袋，一會兒在前發出洶湧巨浪，一會兒倏地往胯下俯衝，其下是兩隻巨大、紅通通的腳，彷彿高速公路的交流道般交錯著。）

上例中以「高速公路的交流道」(turnpike ramp) 來形容交叉的粗腿，乃源自地圖上會用交疊粗黑線條代表高速公路交流道的緣故。

wet possum　濕負鼠

棲息在美國的有袋類動物 possum（負鼠），名稱上雖有個鼠字，卻有如貓一般的大小，被冒犯時，會現出猙獰面目嚇人。俗稱貓有九條命，負鼠則有十九條，可知其生命力之強韌。而當負鼠濕透時，可以想像其狂怒模樣的可怕。

▶Well, that got her madder than a **wet possum**, I guess,

'cause she came right back saying that her campaign "won't be predicated on stars coming in, I'll tell you that." ——*Time*, Mar. 19, 1984（我猜那讓她氣得捉狂，像隻濕負鼠。因為她直接衝回來說明她的選舉活動，「我先說明白，我不會仰賴外來的明星助陣。」）

wet 當形容詞修飾名詞時，大多意指不太討喜的人物。如 wet hen（濕母雞）指「惹人討厭的傢伙」；wet back（濕透的背，濕背人）意指從墨西哥邊界游過 Rio Grande（格蘭河）偷渡到美國的人。

whip　鞭子

　　對美國人而言，鞭子並不給人疼痛或者殘酷的印象，反倒讓人腦海裡先浮現出以柔美弧線巧御牛馬的敏捷模樣。

▶People in Montgomery still remember Zelda as being "smart as a **whip**" and "quick as a steel trap", and recall seeing her pulling a red wagon with her rag doll Patsy in it and her little dog running behind. —— *Zelda*, Nancy Milford, Avon, 1970（蒙哥馬利的人們仍舊記得薩爾達「敏銳如鞭」、「快如鋼置」，還記得見過她拖著上面坐著破舊洋娃娃派翠的紅色馬車，以及跟在她後面的那隻小狗。）

由上例中的 steel trap（鋼置，鋼製捕捉器），清楚表現出狩獵民族和農耕民族間比喻用法的差異。

white elephant　白象

過去暹羅（現在的泰國）國王會故意將難以照料的珍貴白象賜給失寵的朝臣，使其因鉅額的花費破產。由此用來指稱累贅、不易處置之事物。

▶ But beautiful old houses with large rooms and high ceilings became **white elephants** everywhere when the servant problem grew acute. ——*Esquire*, Aug., 1966 （但是房間寬敞、挑高的舊豪宅，在雇人問題越來越難處理的今天，成為處處所費不貲的棘手問題。）

也有所謂的 white cow（白牛），指的是很受歡迎的香草冰淇淋汽水或香草奶昔。

wine　葡萄酒

wine color（酒紅色）聽起來還算好，不過，下例是用來形容乾涸後的暗紅色血漬，就變得有些噁心了。

▶ She lay in her own blood, dark as **wine** and clotted to a paste, on a mattress dyed crimson-black. ——*The Veiled One*, Ruth Rendell, Arrow, 1988 （她橫躺在一灘血泊中，那灘暗紅如酒色的血已凝固成漿狀，底下的床墊也已染成紅黑色。）

基督教的聖餐儀式被稱為 bread and wine （麵包和酒），此 wine 象徵耶穌的血。血的種類還真多。

witch's hat　女巫帽

下寬上尖的圓錐形，讓人聯想起巫婆的帽子，但不一定就是反基督教之物。

▶Ira parked on the asphalt next to Fenway Memorial Church, a grayish-white framecube with a stubby little steeple like a **witch's hat**. ——*Breathing Lessons*, Anne Tyler, Berkley, 1988（愛拉把車子停在芬威紀念教堂旁的柏油路上。該教堂為灰白色的正方形建築，有著像女巫帽般圓錐形的小尖塔。）

witch 可以用來代換 bitch（賤女人），因為 bitch 字眼太過強烈，所以改用 witch 一字能使語氣和緩些。參照 thunder。

woman at the Information Desk in Macy's　梅西百貨公司的服務臺小姐

不像日本百貨公司的服務臺小姐態度好、服務又周到；在美國，服務臺的小姐多半像機器人，很公式化、冷淡地對待顧客。

▶"Okay, Mom, I guess our time is up. I enjoyed the visit." "You call this a visit! The **woman at the Information Desk in Macy's** gives me more time."——*Laid Back in Washington*, Art Buchwald, Berkley, 1981（「好了，媽，我想我們的時間到了，已不虛此行了！」「你還敢說不虛此行！連梅西百貨的服務臺小姐撥給我的時間都要比這裡多。」）

不用 girl 或 lady，而直言 woman，多少帶有不再年輕、也沒

239

什麼氣質的「普通女人」的語氣。

worm　蟲（如蚯蚓等沒有腳的蟲）

worm 在這裡指的是男性性器官。另外，如動物的 lizard（蜥蜴）也帶有相同的意思。

▶ "They are whores. I put my **worm** inside them and they moan." ——*The New York Trilogy*, Paul Auster, Faber and Faber, 1985（「那些女人是妓女，我只要把「蟲蟲」擺進她們裡面，她們就咿嗚地呻吟。」）

worm 有時也用來指某些「微不足道的小人、螻蟻之輩」等。

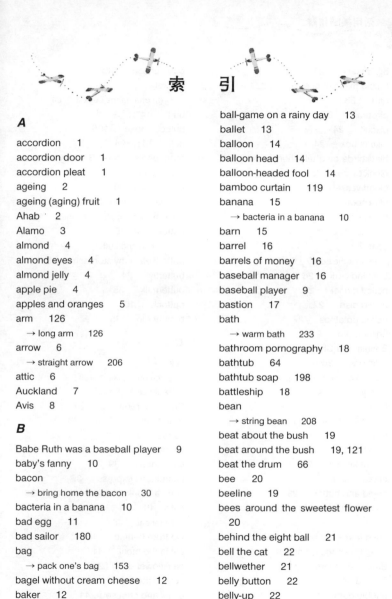

索 引

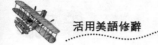

無師也可以自通

三民英語自學書系列

英文自然學習法一～三

釐清你對介系詞的懵懂概念

動態英語文法

教你如何理解文法而非死記

MAD茉莉的文法冒險

越挫越勇的人才能愈來愈進步

透析商業英語的語法與語感

長野格 著

商業英語不只是F.O.B.等基本商業知識，潛藏在你我熟悉的字彙中的微妙語感與語法才是縱橫商場的不二法門，掌握了它，你將是名符其實的洽商高手。

從身旁事物開始學習的 生活英語

古藤晃 著・本局編輯部 譯

每天食、衣、住、行所接觸到的事物，你知道如何用英語表達嗎？藉由學習身旁事物的英文用法，在實際生活中不斷運用，讓你從熟悉到活用，輕鬆掌握日常生活語彙。你老覺得周遭事物讓你有口難開嗎？你想加強你的生活英語會話嗎?那你千萬不可錯過本書！

That's it!就是這句話！

宮川幸久　Diane Nagatomo著

語言是要天天練才會順口，而且從愈簡單的句子著手愈有效。
簡單、好記正是本書的一貫宗旨。我們知道您有旺盛的學習欲，但是有時候，心不要太大，把一句話練到熟就夠用了！這真的是一本最適合您隨時隨地翻閱學習的方便書！

輕鬆高爾夫英語

Marsha Krakower 著

你因為英語會話能力不佳，到海外出差或出國旅行時，不敢與老外在球場上一較高下嗎？
本書忠實呈現了球場上各種英語對話的原貌，讓你在第一次與老外打球時，便能應對自如！

國家圖書館出版品預行編目資料

活用美語修辭:老美的說話藝術 / 枝川公一著:羅慧
娟譯.－－初版一刷.－－臺北市；三民，民90
　　　面；　　公分
　　　含索引
　　　ISBN 957－14－3474－4　（平裝）

　　1.英國語言－詞彙

805.12　　　　　　　　　　　　　90007025

網路書店位址　http://www.sanmin.com.tw

ⓒ　活用美語修辭
　　　──老美的說話藝術

著作人　枝川公一
譯　著　羅慧娟
發行人　劉振強
著作財　三民書局股份有限公司
產權人　臺北市復興北路三八六號
發行所　三民書局股份有限公司
　　　　地址／臺北市復興北路三八六號
　　　　電話／二五○○六六○○
　　　　郵撥／○○○九九九八──五號
印刷所　三民書局股份有限公司
門市部　復北店／臺北市復興北路三八六號
　　　　重南店／臺北市重慶南路一段六十一號
初版一刷　中華民國九十年五月
　編　號　S 80243
　基本定價　肆元貳角
行政院新聞局登記證局版臺業字第○二○○號

有著作權　不准侵害
ISBN　957　14 3474 4　（平裝）

三民英漢大辭典

林耀福等 主編 定價1500元

蒐羅字彙高達14萬字，片語數亦高達3萬6千。囊括各領域的新詞彙，為一部帶領您邁向廿一世紀的最佳工具書。

三民全球英漢辭典

莊信正、楊榮華 主編 定價1000元

全書詞條超過93,000項。釋義清晰明瞭，針對詞彙內涵作深入解析，是一本能有效提昇英語實力的好辭典。

三民廣解英漢辭典

謝國平 主編 定價1400元

收錄各種專門術語、時事用語達100,000字。例句豐富，並針對易錯文法、語法做深入淺出的解釋，是一部最符合英語學習者需求的辭典。

三民新英漢辭典

何萬順 主編 定價900元

收錄詞目增至67,500項。詳列原義、引申義，讓您確實掌握字義，加強活用能力。新增「搭配」欄，羅列慣用的詞語搭配用法，讓您輕鬆學習道地的英語。

三民新知英漢辭典

宋美璍、陳長房 主編
定價1000元

收錄中學、大專所需詞彙43,000字，總詞目多達60,000項。用來強調重要字彙多義性的「用法指引」，使讀者充份掌握主要用法及例用。是一本很生活、很實用的英漢辭典，讓您在生動、新穎的解說中快樂學習！